我的幸福婚姻 五

［日］颚木亚玖弥 著
纪鑫 译

青岛出版集团 | 青岛出版社

图书在版编目（CIP）数据

我的幸福婚姻.五/（日）颚木亚玖弥著；纪鑫译.—青岛：青岛出版社，2022.9
ISBN 978-7-5736-0413-2

Ⅰ.①我… Ⅱ.①颚… ②纪… Ⅲ.①长篇小说—日本—现代 Ⅳ.①I313.45

中国版本图书馆CIP数据核字（2022）第143399号

WATASHI NO SHIAWASENA KEKKON Vol.5
©Akumi Agitogi 2021
First published in Japan in 2021 by KADOKAWA CORPORATION, Tokyo
Simplified Chinese translation rights arranged with KADOKAWA CORPORATION,
Tokyo through East West Culture & Media Co., Ltd.

山东省版权局著作权合同登记号　图字：15-2022-22

WO DE XINGFU HUNYIN（WU）

书　　名	我的幸福婚姻（五）
著　　者	［日］颚木亚玖弥
译　　者	纪　鑫
出版发行	青岛出版社（青岛市崂山区海尔路182号，266061）
本社网址	http://www.qdpub.com
邮购电话	0532-68068091
策　　划	左美辰
责任编辑	杨松霖
封面设计	半　竹　栗　子
照　　排	青岛新华出版照排有限公司
印　　刷	青岛双星华信印刷有限公司
出版日期	2022年9月第1版　2022年9月第1次印刷
开　　本	32开（890 mm×1240 mm）
印　　张	7.125
字　　数	122千
书　　号	ISBN 978-7-5736-0413-2
定　　价	39.00元

编校印装质量、盗版监督服务电话　4006532017　0532-68068050
本书建议陈列类别：日本文学　轻小说　爱情小说

目 录

楔子 / 1

第一章　新年,喧哗之声 / 6

第二章　宫城与不安之日 / 38

第三章　夜 / 96

第四章　梦中的过去 / 158

终章 / 215

后记 / 220

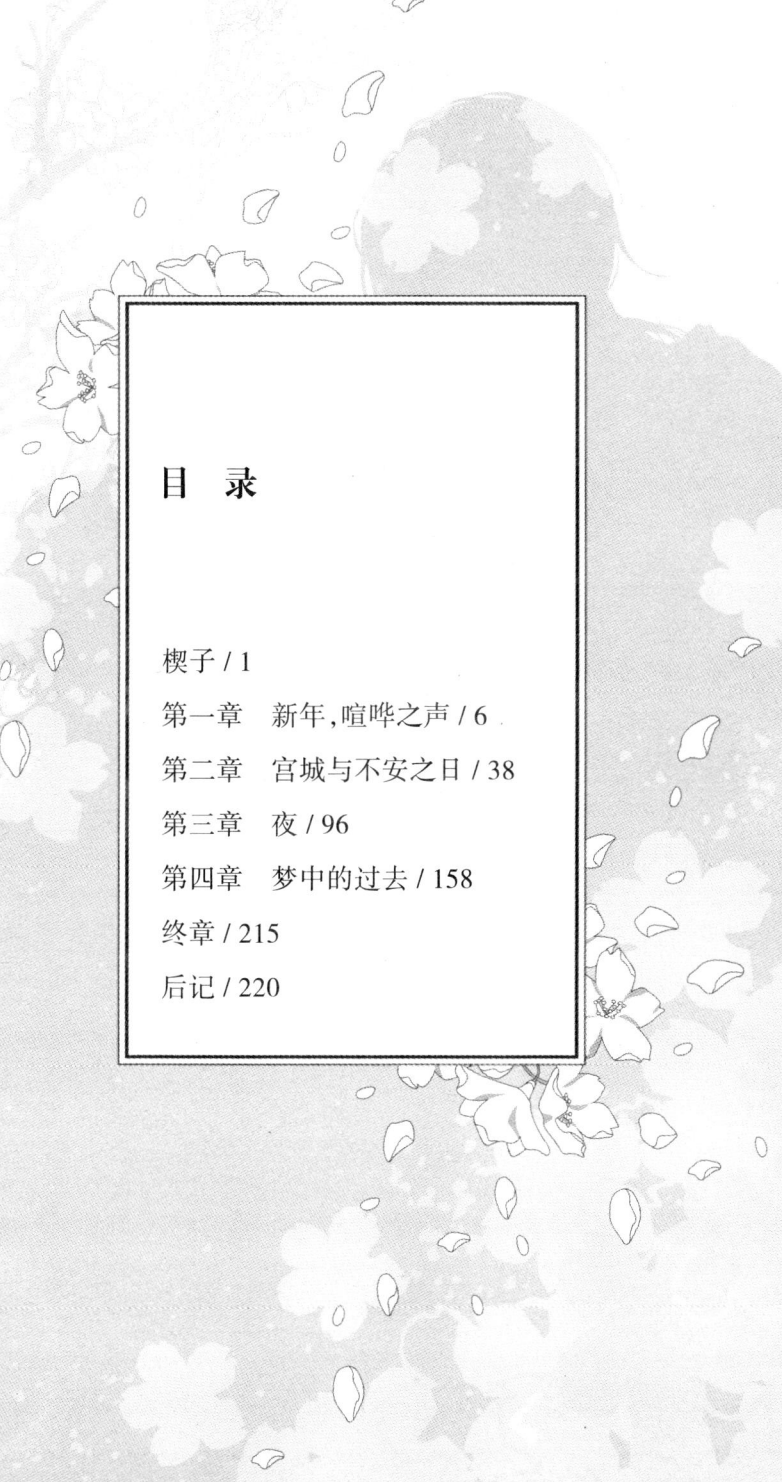

楔子

年关将至，腊月的夜晚。

日头已落至地平线下，四周一片昏暗，冷森森静悄悄，感觉不到生命存在的迹象。

尧人静静地转向开着的窗户，凝视着黑暗中浮现的草木枯萎的冬日庭院。

"那么，这样真的可以吗？"

在他身后发问的是身居军中要职、与尧人关系密切的军人大海渡征。

灯光微弱寒气袭人的室内，除了他俩，主要负责辅佐天皇执掌政务的亲信内大臣也在。

现任内大臣的鹰仓是在尧人开始代替天皇处理公务时就任此职的。他还不到三十五岁，因其年轻、优秀、头脑灵活，而且与自己年龄相仿，尧人将其视为最信任的臣下之一。

尧人轻轻点点头，没有转向他们两人。

除夕夜在宫中举行的除邪仪式已于黄昏时分结束，就像

在为明天开始的紧张日程做准备一般,周围没有其他人的身影。

在天皇身边担任侍卫补佐①的宫内大臣及侍从长都不在场,室内只有他们三人。

"甚可。今陛下失踪一事,不该被民众知晓。若军队倾巢搜救,也会被人觉察……反正当前无论如何都难找到,倒不如让民众好生休养,待年后便恐难似今日这般安宁。"

前几天被认为是由异能心教策划的天皇绑架事件是个相当棘手的问题,可如此重大的事件,尧人竟对国民隐瞒。

尧人一闭上双眼,眼前映出的便非此时此地。白雪皑皑的帝都,似乎连人们争斗的声音都听得真真切切。而在不久的将来,这一幕将成为现实。

尧人能看到的未来还不多,通往那种状况的路径也无法清晰地显现出来。但直觉告诉他,这样的未来已成为时代洪流,势不可当。

既然如此,当前最好不要轻举妄动,养精蓄锐等待那滔天巨浪袭来方为上策。

"来吧。"寒风裹挟着院内所剩无几的枯叶吹了进来。

尧人像是打了个冷战,他伸手关上拉门。

"陛下不会有事吧?"

---

① 补佐:辅佐,助理。

鹰仓似乎很不放心地问。

"应是无恙。异能心教概不会为取父皇性命特意大费周章劫走父皇。"

尧人说完,在坐垫上坐下来。

"于吾而言,父皇就此退位亦无碍……"

"怎么可以,这也太……大逆不道了。"

对他略含自嘲意味地吐露出的真心话,大海渡用多少带点责备语气的声音嘟囔着,鹰仓也哑然失声。

看到臣下们如此明显的反应,尧人微微吊起嘴角。

身为统率一国之人,正因为民众考虑,而甚至盼望生父死去。正如大海渡所言,尧人也对自己这过于无情的言语震惊不已。

仅剩权威和地位的陛下和手握实权的尧人,显而易见,双帝并立的现状只会引发争端。

要是异能心教直接杀死天皇,一切将变得多么简单啊!

如此视之,吾非人哉!

民众将尧人他们当作流着神的血液的家族来崇拜。自己必非同常人,故乃薄情寡义耳。尧人略带调侃和嘲讽地想。

"另外,二位,那件事是否有进展?"

"很想说一切顺利……但做不到。军中反对意见较多,还是有难度。"

"这边也一样。以宫内大臣为首,很多政治家和官员都表

示反对。"

"这是自然!可若以效率计,此乃上策,望二位一定想方设法推进下去。"

"必当全力为之。"

"遵命。"

"要尽快!"

看到大海渡、鹰仓两人毕恭毕敬地向自己行礼,尧人悠然地将胳膊肘抵在扶手上托起腮。

尧人拥有的天启异能尚不完全。

虽不知其机制,但不正式登基帝位就不能得到神的认可,也就无法获得完美的天启异能。……据说是这样。

故此,跟历代皇太子一样,尧人可预知的未来也很不稳定,或荒谬绝伦,或只有区区数秒,根本无法看到想看到的未来。

就在前几天,也因这异能的不完美招来恶果,令现场一片混乱,连斋森美世都差点儿被异能心教劫走。

虽然着急并不会有助于异能的加强,但当下也必须通过可见范围内的预知片段,尽可能准确地预测未来,并制定相应的对策。

"……此路,当真可行?"

关于必将抵达的未来,可以看到一些必要元素。不过这毕竟不是全部,还需要不断摸索。

尧人这次的策略,最终是吉是凶?

被认为能够通神、能够听见神的声音的尧人,此刻除了跟常人一样反复思考,别无他途。

第一章 新年,喧哗之声

一出家门,冷空气猛地迎面袭来。

从玄关前到周边树木,都被昨夜的降雪薄薄地覆盖,放眼望去,眼前的世界已披上一层淡淡的银装。

斋森美世手扶玄关拉门,久久地凝视着这纯白色的景致。

"真漂亮……"

几乎是第一次发现雪竟如此美丽。

直到去年为止,一到冬天下雪,除了感觉身上更冷,还要清扫厚重的积雪,累得腰酸背疼,根本没心思这样悠然自得地欣赏雪景。

而现在只是如此这般单纯地咏叹景色之美,一瞬间就觉得无比幸福。

"真冷啊!"

身后传来的声音,令被雪景深深吸引的美世屏住呼吸。

尽管身处刺骨的寒气当中,美世的面颊却一下发烫起来。

"啊,是啊……"

美世羞得连头都不敢回,只不自然地应了一声,而未婚夫久堂清霞则快步追到门口。

元旦——虽是新年伊始,不过此时已是早晨稍晚些的时候了。

眼下,美世和清霞两人正要去神社做初诣①。

清霞身穿蓝色和服,外面套着一件灰色的西式风衣,即便在这美景之中,他那美貌也毫不逊色,而美世对此仍不习惯。

回头看看美世,她身穿印有五颜六色的扇形碎花图案的白色和服,披着素雅的淡黄色外褂。为御寒,还戴了围巾和手套。

因为是过年,衣装比平时更鲜艳一些,再加上昨晚的事,美世愈发心旌摇荡无地自容。

真受不了他……

上次有点像突然袭击,而昨晚则完全不同。

美世自己也很期盼的——亲吻。

虽说是第二次了,可仍很不习惯。甚至可以说比上次更害羞,害得她都不敢跟清霞四目相视。

连自己都觉得太不讲理,但美世还是有点怨恨地看着他的背影。

……为什么老爷就能泰然处之呢?

亲吻这样的举动,对他来说不是什么大不了的事吗?

---

① 初诣:日本民众新年后首次参拜。

的确,过了年,美世二十岁,清霞二十八了。相对于结婚年龄来说,不但美世足够晚,连清霞也算很晚了。

清霞有过与其年龄相符的各种经历完全不足为奇。

但他似乎与所谓的前未婚妻候选人阵之内薰子之间什么也没发生。不过,美世也明白他并非厌恶女人到有洁癖的程度。

老爷……果然会做那种没羞没臊的事啊……

只是想象一下,就如同煮熟的章鱼一样满脸通红意乱情迷。

如果不习惯"那种事",无论第二次只是触碰一下的亲吻有多么短暂,都不可能做到如此冷静。

自己可都羞成这样了。

美世用戴着毛线手套的手覆在不看也知道红得发紫的面颊上。

如果不这样掩饰一下,自己将沉湎于这种充满情色的妄想之中,最终会变成一个满脸通红满脑袋情事的人。

"美世!"

"……在。"

"磨蹭什么?!走啊!"

清霞若无其事地回过头来向美世伸出手。

美世羞得无地自容,她微微噘起嘴,低着头乖乖走近清霞。

但这样的举动似乎并没令他满意。

清霞眉头一皱,抓起美世的左手,使劲将她拉向自己。

"发着呆走路要摔跟头的!"

"抱……抱歉。"

"用不着道歉！小心脚下！雪地上容易滑倒！"

"是。"

说话间清霞慢慢迈开脚步，手却没有松开。

幸好戴着手套，不然，自己现在热得离谱的体温说不定又会让他生疑了。

微白的景色，以他俩脚步的速度缓缓向身后移动。

现在要去做初诣的神社距帝都中心稍远，但离家很近。

按往年惯例，应该去护佑久堂家历代先祖的旧都神社，不过今年没说要去那儿。

这当然是因为有甘水直率领的异能心教的威胁。

除因为美世拥有梦见之力自身会成为攻击目标之外，还考虑到了天皇遭绑架一事。

帝国民众尚未意识到天皇已从其帝位上消失这一事实，还在平静地迎接新年庆祝佳节。

……能跟老爷这样过年，多亏尧人殿下。美世暗忖。

脸上的热度渐渐退去，美世一边让自己还在扑通扑通狂跳不已的心慢慢平静下来，一边出神地盯着紧拉在一起的手。

对异特务小队执勤所年底遭甘水袭击那件事至今依然令人记忆犹新。

那场袭击竟然是异能心教为绑架在皇宫里形同被幽禁的陛下而发起的佯攻行动。

本来,天皇遭劫是前所未闻的重大事件,根本不可能如此风平浪静地过去,必然会在全国范围内闹得天翻地覆。像清霞这样的军人毋庸赘言,连国民都会全体出动展开搜救吧!

然而尧人却对异能心教绑架天皇一事发布了严格的封口令。

政府相关人员也被告知严禁泄露信息,违令者将遭受严厉处罚。而且,美世虽为普通民众,却也属于命令对象。

总之,绝不能让国民知情,这就是尧人的决定。

由此,尽管在腊月期间调集部分军人暗中搜查了天皇踪迹,但行动在年底基本停止,让他们在年末年初这段时间里获得了充分的休养。

"呃,老爷。"

"怎么?"

"……嗯,这么清闲真不要紧吗?"

听美世小声嘟哝,清霞脚步未停,静静地低头看着她,浅色的眼眸异常平静。

"既然尧人殿下如此下令,那维持现状就好。"

"陛下也不要紧吗?"

"唔,如果陛下御体真有危险,尧人殿下自有天启把握。而且,尧人殿下也不会对此等闲视之。"

于美世而言,天皇可以说是个仇敌般的存在。

在生母斋森澄美生前,如果帝王没对薄刃家下手,那澄美和美世所受苦难至少能减少一半,甚至根本不必遭受这些苦痛。

不过换言之,说不定也就不会有美世出生。

不管怎么说,美世不会对天皇报以无原则的尊敬,当然也不会因此对未曾谋面的天皇心生恨意。

只是自己很难做到明知天皇下落不明却装出一无所知的样子悠闲自在,她于心不安。

……不对,不对!

美世叹了口气。

其实很明白,那样做,只是在为眼下不想正视自己心情的一味逃避找个理由罢了。

美世望着走在斜前方的未婚夫的背影,他还紧紧牵着自己的手,扎起的长发在身后摇摇摆摆。

对异特务小队遭甘水袭击时……美世内心确实涌出这样的感受。还有昨晚亲吻时的——那种温馨的情感。

认清真相后反而不知如何是好,也无法更深层次地寻根问底了。

"美世!"

"啊?在。"

美世吓了一跳,发出的声音都有些异样。好容易冷却下来的脸颊上,出于另一种原因,现在又开始发烫了。

"呃……现在要说点什么吗?"

听到清霞愣愣磕磕的话声,美世更加羞愧难当。

"不要,嗯,请……什么也别说……"

不能再这么心不在焉了!应该感到羞耻,美世极为严厉地警告自己。

"那对你今早的反常举动,看来还是不做追究为好了?"

"老、老爷……"

一如既往,显然一切都被清霞看在眼里。美世从早晨开始,一会儿欢天喜地,一会儿闷闷不乐,表情变幻不定的原因也完全被他看透。

看着哑然失色呆若木鸡的美世,清霞哎呀一声叹了口气微微笑道:

"算了,不想回答的话不回答也无妨,现在也不是时候。"

"…………"

只能缄口不语了。

也就是说,即便躲过现在,美世迟早要面对自己这份感情的。

我还是……

美世没想过会有面对这种问题的一天。

当初想的是能从斋森家逃出来就好,如果还能过上平静的生活,那更是无上的幸福。

然而——她根本没想过还能有比这更让她骄傲的幸福,面对这些,美世觉得已经超出了自己的能力范围,姻缘之事本应与自己无关的。

如何是好？她愈发迷茫。

在略显羞涩的氛围中，两人缓缓走过恬静的农道，渐渐走进帝都的地界。

郊外冷冷清清，可一进帝都，人行道上人来人往，可能跟美世他们的目的地相同吧。

为庆贺新年，每个人都穿着应景的华丽衣装，一个个口吐白气喜笑颜开。

美世和清霞又相互拉紧手，加入熙熙攘攘的人群中。

"美世。"

"在。"

"说起来……你以前是怎么过年的？"

话刚出口，清霞旋即表情复杂地皱起眉。"呃，算了！"他想搪塞过去，美世微微一笑。

他也有这种时候啊。

笨嘴拙舌，却极为体贴，所以自己才愿意留在他身边。

"没关系。说来也怪，现在想起那时候的事也没觉得多难受。"

"真没关系？"

"是真的。……过年的时候总是留在宅子里看家。用人们基本上都回家探亲了，家人们——"

忽地，父亲、继母和异母妹妹的面容浮上脑海。不过，即便

无意之中称他们为家人,也只是感觉口中苦涩,相比以前心里平静多了。

美世并不喜欢过年。

斋森家的人们串门拜年忙得不可开交,只说新年头三天的话,倒是不像平常那么难熬。可一旦过了那三天,继母和异母妹妹为发泄串门拜年时积压的情绪,美世常常遭到她们比平时更严苛的折磨。

新年头三天家人们不在的时候,为数不多的几个留下来的用人对美世也特别好,甚至还能周济她一勺什锦年菜。不过,每每想起在那之后等待她的种种苦痛,对过年就只剩下厌恶了。

不需要因为他们三人不在而给予自己特别关爱!因此,新年什么的不来也罢!由于这种想法,美世过年基本都把自己关在屋子里了。

"家人们忙着拜年,我也跟平时一样屋里屋外一直干活,这样新年转眼就过去了。"

美世真真切切地感受着清霞那只大手的温暖,努力微笑着说道。

她不敢把自己当时的心情原原本本地告诉这位温情和善的未婚夫,所以回答得极为简洁。

不过,这样也好。美世觉得自己怀有的那份不堪的情感没必要让清霞知道,因为这情感就像一团污黑的淤泥,动不动就想将自己拖回过去之中。

而清霞却给了自己足以将这团污泥彻底晒干的光和热。因为清霞在如此认真地倾听自己讲述,所以那些尤其会令他心痛的过往不说也罢。

"是嘛!那也没做过初诣吗?"

"初诣,不记得了,可能妈妈活着的时候带我去过。在那之后……就和阿花一起拜一拜家里的神龛,阿花不在以后就自己……"

美世娘家客厅里设有神龛,只能瞅准家人不在或外出的那点间隙拜拜。对美世来说,所谓拜神,主要就是拜这神龛。

清霞像是很不高兴地皱起眉头。

"这哪能叫初诣呢!真成问题!"

"……是啊,回头想想,就像您说的……"

久堂家起源于旧都朝臣,而且据说整个家族主要负责处理祭神相关的事务,美世羞愧不已。

"唉,算了,从今年开始,一定要正儿八经地来神社参拜。以前没拜的那份都要好好地拜了!——看,那儿!"

顺着清霞的视线看去,一座宏大的神社赫然出现在面前。

庄严肃穆的大屋顶与注连绳[1]都格外引人注目。连接鸟居[2]与神社的石板路上人潮涌动热闹非凡,参拜的队列一直排到赛

---

[1] 注连绳:挂在神殿前表示禁止入内或新年挂在门前取意吉利的稻草绳。
[2] 鸟居:神社入口处的牌楼。

钱箱①前。

这里不是帝都最大的神社,代表帝都举行祭祀活动的神社还有别处。尽管如此,还是有这么大的人流量,真不得了。

"太壮观啦……!"

"别走散!"

他俩排在参拜者队列的最末尾,听着人群的喧闹声慢慢向前移动。

不知等了多久,终于轮到美世他们,美世从自己的钱包里取出零钱投入赛钱箱。

她跟也投入香钱的清霞一起行过两次礼,拍了两下手。常识性的东西虽然都知道,但美世仍对这尚未习惯的参拜方式略显紧张,她双手合十对神说道:

神明啊,今后我该如何是好?

当然,神明没有回答。

尽管如此,她仍滔滔不绝地诉说着。

我想跟老爷在一起,就这点要求都不行吗?

爱,有各种形式,友爱、亲爱、家人之爱。那美世对清霞的这份情感算什么呢?

希望更多地了解他,嫉妒接近他的其他女性,渴望在他身边永不分开。可以给这样的情感起个名字吗?

---

① 赛钱箱:香资箱,可向内投入香钱。

——好可怕！

自己心里的爱是什么形式？知道这一结果本身便是可怕的。

美世深知人与人之间情感交流的丑恶与激烈，而且这种情感还会牵连、侵蚀到其他人，甚至可能造成不幸。

她似乎陷入了沉思。这时，感觉有人拍了拍自己的肩头，美世被拉回到现实当中。

"美世，你还好吧？"

"呃，还好……"

美世慌忙放下手，深施一礼后腾出位置。看来光是参拜就花了相当长的时间。

像要躲避后面受到影响的参拜客责备的目光似的，美世被清霞拽着，两人手拉手逃离了参拜队列。

"老爷，抱……抱歉！"

"没什么……不过，许了什么愿啊，那么投入？"

美世心里咯噔一下。

不能说！当然不能说！回过头来想想，感觉难得有次初诣的机会，竟然都耗费在了龌龊之事上。

如果是自己内心的烦恼，不该跟神商量，而应该自己思考。

突然觉得自己的行为非常可耻，美世低头支吾着："啊，呃，这个嘛……"

如实回答的话，清霞肯定会惊呆的，而且这本来就不是能随随便便拿到台面上的东西。

"我……"

不等美世回答,清霞脱口说道:"我每年都祈求帝国平安无事!"

"是啊,真是个美好的愿望!"

许这样的愿的确符合清霞帝国军人的身份。不清楚他为什么突然说出这番话,但这足以说明他确实非常了不起。清霞没理会对自己钦佩不已的美世,继续说道:"不过,今年我又多许了一个愿。"

可能因为天冷,美世略一歪头发现清霞的耳朵有点红。

"老爷?"

"……希望能跟你——"

他的声音在最关键处变得低沉嘶哑,美世没听清楚。

不过美世闭紧嘴巴没有追问,感觉大体能想象得到。

肯定跟自己的心情一模一样。

希望长相厮守,直到人生尽头。

背对神社,美世偷偷追加了一个愿望。

参拜结束后,两人也没特别商量,溜溜达达地走在商铺林立

的参道①上。

连绵不断地排进神社院内的参拜客队列依然很长,商店街②上也是人来人往拥挤不堪。

因为正逢新年,大小不一形形色色的不倒翁、带有装饰的辟邪箭、名叫熊手③的吉祥物都卖得热火朝天,这让美世感觉很稀奇,她边走边目不转睛地看着这一切。

"有什么稀罕的东西吗?"

"嗯?啊,呃……"

仔细看看,来来往往的行人中被街景吸引住的并没几个,也就是小孩子会这样。

这不该是一个妙龄女子应有的行为,美世羞红了脸支支吾吾。

头顶上落下清霞轻轻的笑声。

"慢慢看就好。"

"呃,真是太丢人了……"

美世说着一抬眼,见清霞正一脸笑意温情脉脉地看着自己,就在两人视线交汇相互凝视的刹那间——

远处混乱拥挤的人群中,突然传来一阵喧哗之声。

——不对,美世有所觉察是在那声音响起之后,而清霞在那

---

① 参道:参拜用的道路。
② 商店街:指通往神社、寺院正殿道路两旁的商店街。
③ 熊手:竹耙形吉祥物。

之前就已将锐利的目光投向喧哗之声响起的方向。

"老爷?"

"有异形的气息!"

"在这种……地方?"

"嗯嗯……"

清霞板着脸含糊其词。未婚夫令人费解的反应让美世感到奇怪,她向人群那边望去。

在一块稍稍开阔点的地方,一些身穿和服、风衣的人围了个圈。圈子中心有几个人,大概是艺人什么的,人们似乎都在看热闹。

人墙那边看不真切,却也不像清霞所言有异形的迹象。

"像是在搞什么仪式。"

"不对——那是异能心教吧!"

美世吓了一跳,一下子屏住呼吸。

异能心教!

连日来的新闻报道忽地在脑中闪现出来。

事实上,在帝王被劫事件发生后,异能心教势力急速膨胀,帝都民众也已知晓它的存在。

异能心教,是由曾为生母澄美的候选未婚夫甘水直率领的反帝国组织。

美世与其近距离的对峙,一次是在车站,另一次是自称祖师的甘水直进入对异特务小队执勤所时。这两次遭遇都令美世强烈地感受到甘水的威胁。

帝国民众对天皇被劫、劫持者为异能心教一事并不知情。

反而，"异能心教将使用异能，以其超人的能力构筑新世界"的宣传显然使它的信徒增多了。

当然，觉得这纯属胡说八道且疑点重重而表示拒绝的民众也不少，并非所有人都支持异能心教。

只是因为民众实际上并不了解异能心教暗中搞的邪恶勾当，也的确对他们的宣传活动表现出极大的关注。

只见三四个身穿黑色风衣的人站在人们围成的圈子中心，其中一人用非常响亮的男声在极力宣讲着什么。

"我们是隶属异能心教的平定团，各位，请看这里！"

第二个黑衣人举起手里一个藤制鸟笼模样的东西。

顿时，又响起一片嘈杂声，甚至还夹杂着尖叫声。

美世使劲忍住才没叫出声来。

"那是……"

笼子里有种从没见过的生物在蠕动。

全身近乎乌黑的深棕色，布满白色斑点。看起来像只四足步行的兽类，仔细端详却是猿类与鸟类杂交的模样。

背上还有对翅膀。毛茸茸的前脚有五根趾头，后脚却是三趾鸟足。被包在深棕色羽毛中央的面部很像稍稍发红的猴脸，不过脸上却有只黑色的喙，还发出奇怪的叫声。

太可怕了。莫非这就是异形？

发自肺腑的本能的畏惧让美世感觉身子阵阵发凉。

"真不敢相信,竟如此恣意妄为!"

清霞微微一皱眉,从怀中取出白纸做成符。几个纸符从他手上冲向空中,向远处飞去。

跟刚才平和的表情截然不同,他已分毫不差地换上一副让人感到冰冷的军人的面孔。

"老爷?"

"别怕!只是跟值班人员通报一声。竟敢如此明目张胆、招摇过市!这帮家伙可是犯罪集团、缉拿对象啊!"

美世受到不小的惊吓,她点点头,身体在微微颤抖。

此时,自称平定团的几个人还在说着什么。

"这是自古以来就遍布本帝国的怪物!我们叫它'异形'——也叫它妖或鬼,对其放任不管会危及人类!"

黑衣人指手画脚、煞有介事地做解说的样子,竟莫名其妙地让人信以为真。

虽说人们还没到看傻了的程度,不过大多数人都在目不转睛地争相观看。

"老爷,我……怎么会看到异形?"

目睹异形是二十年人生里的头一次!美世吃惊地问清霞。

本来没有见鬼之才的美世眼中如今赫然出现了令人恐惧的异形的模样!这是根本不可能有的现象!

仔细观察四周,会发现能看到异形的不止美世。围拢着异能心教黑衣人的多数观众恐怕都没有见鬼之才,但他们却对装有异形的笼子指指点点,或面现惊恐,或投去好奇的目光。

清霞手扶下巴,似乎在苦思冥想。

"同类现象已报来好几件,还在调查。说不定异能心教已经创造出了能让没有见鬼之才的人看到异形的技术,或者创造出了即便是没有见鬼之才的人也能肉眼可见的异形。"

"有这种可能吗?"一时间难以相信,美世声音颤抖地问。

难不成甘水也能开发出这种非现实的技术?

能看到异形的仅限于有见鬼之才的人以及他们的上位异能者。这一事实此前从未改变过。

"不清楚。不过,有关异能和异形的研究,异能心教比我们领先了两三步。这帮家伙就算持有我们这边不曾掌握的技术,也不足为奇。"

听着清霞不急不慢的低语,美世感觉很不自在,因为这既令她着急,又让她生出某种期盼。

美世望着还在口若悬河继续演讲的异能心教黑衣人,现在她的眼神里已有了恨意。

如果有这种技术,那我也……

盼星星、盼月亮,却怎么也盼不来的见鬼之才。

只要有了它就好了,不知道多少次这样想过啊!

至今仍在祈望能跟清霞他们看到同样的景致。

异能心教可真狡猾。

竟用这种手段来刺激没有见鬼之才的人,尽管心里明白这

就是他们的策略。

美世下意识握紧的手在微微颤抖。像在劝慰她似的,清霞轻轻握住她的手。

"美世。"

"在。"

"你这样就好。"

清霞的语气很坚决,没有丝毫犹豫。见他如此坚定,美世吃了一惊。

"老爷……"

清霞的话总能抚慰人心。盘绕在胸间的那令人心焦的艳羡也慢慢淡下来,美世再次将视线投向人群。

异能心教的演说还在继续。

"自古以来,这些异形就在帝国横行跋扈。可政府却隐瞒它们的存在,没有积极应对,无视其威胁。时至今日,我们的日常生活马上将遭受它们的威胁!"

"哗——"人群中发出一片不安之声并迅速扩散开来。

如果了解事实就知道他们的话纯属胡说八道。

政府其实并没隐瞒异形的存在,只是多数人不相信而已。

而且他们也绝没有怠于围剿。即便对手是异形,也不能抓到就杀,而是要避免不必要的杀生。对于真正危险的异形,清霞他们会最先铲除以免后患。

国内有异形存在千真万确,但也不会无故杀死对人无害的东西。可以说这是极为负责的做法。

反过来说,异能心教却极力推崇滥杀无辜。

美世很难赞同他们的主张。

可能很乐于看到人心受到蛊惑,自称平定团的异能心教黑衣人们讲得更加卖力。

"但我们异能心教和平定团不一样!我们拥有消灭异形的能力——异能!我们将赋予真正有正义感的人异能,积极主动地剿灭祸害人类的异形!我们承诺会保护大家的!各位,请看!"

刚才装有异形的笼子又被高高举起。

深棕色的生物依然在里面乱咬乱跳并发出刺耳的叫声。

"现在给您展示的是消灭异形的神圣事业!只有天选之人才能获得的超越人类智慧的能力——异能!别眨眼,请看!"

除了举鸟笼的、演讲的,旁边还有在做准备的第三个人。这个黑衣人走上前举起右手,随即从装有异形的笼子底部慢慢渗出水一样的液体。

看热闹的人群中发出一片惊呼。

异能当然不会弄虚作假。水从笼子里咕嘟咕嘟地不断涌出,越积越多,转眼间,异形身体的一半都泡在水里了。

"老爷……"

美世不禁靠紧清霞又抓住他的衣袖。

这样下去,笼子里的异形肯定会被异能心教黑衣人用异能

杀死。异形虽无实体,可那里的的确确有一条生命存在啊!

这与无谓地射杀野生动物毫无不同!即便这种行为本身不会被问罪,但也绝不是什么值得称赞的举动!

美世内心汹涌起伏,激动不已。

并非恐惧也非悲伤,感觉是种厌恶的情绪。

"别慌!——来啦!"

"嗯?"

美世也顺着清霞的目光望过去。

视线尽头是熟悉的军装团队。

"好啦好啦!请让一让让一让。"

走在最前面,语调轻快地招呼着人群的正是五道,他身后跟着的是美世也很熟悉了的对异特务小队的一众队员。

"我们是隶属帝国陆军的对异特务小队,请让让路,让让路!"

听到陆军的名号,又看到他们身上的军装,人们明显很吃惊地避开五道他们躲到道路两旁。

"全体注意!立即行动!把捣蛋鬼都抓起来!"

"遵令!"

按照五道十分草率的指令,对异特务小队的队员们陆续分开人墙,控制住异能心教黑衣人。

五道在现场巡视片刻后,满面笑容地挥手走向这边。

"谢谢您给咱通风报信啦!"

"你小子！"

见部下连说带笑满嘴俏皮话，清霞无可奈何地将手抵在脑门上。

"哎呀！多亏了您啊，不愧为队长啊！"

"你闹过头了！"

"怎么啦，都不能开玩笑啦……那可真干不下去了！"

五道表情夸张地耷拉下肩膀，一副精疲力竭的样子，接着又长长地叹了口气。

总是笑声朗朗喋喋不休的他出现这种状态应该说非常罕见吧！

"……您工作很忙吗？"

美世担心地问，五道突然猛一抬头。

"忙！很忙！都快要忙死啦！刚过年就来了个大麻烦！"

"美世，这小子的话不用当真！"

"怎么能说这种话啊！就像是我在有意博取同情似的！"

清霞冷漠地看着极度愤慨、几乎要顿足捶胸的五道。

"不对吗？你满嘴戏言可不只是现在，历来如此！"

"可这是过年啊！再怎么值班也受不了这么无休无止的辛苦！"

"想把休长假攒下的劲儿派上用场，你小子亲口说的要申请值班吧！"

被清霞揭了老底，五道双手捂住脸，连声叹道："太过分，太

过分啦!"

对异特务小队看来确实很忙,不过五道自己似乎并没有特别不爽。

忙归忙,对异特务小队的反应的确迅速。

真厉害啊!转眼之间的事儿……

到达现场后当即将异能心教黑衣人拘捕并带走。美世最关心的装在笼子里的异形也已被队员们扣住。

说挂念异形的安危有点不正常,不过美世真心希望异形能免于一死。

将异能心教围在中心的人群也因军队的介入兴趣大减,可能对军人有所畏惧吧,人们开始渐渐散去。

只是最近连续几天都有报道,异能心教的这种活动在帝都多地都有发生。

眼下事态总算平息,可这应该只是冰山一角吧。

"可不是开玩笑,异能心教的活动范围正逐渐扩大,这种演说和现场演示杀戮异形的次数也一直在增加。目前队长还有能休假的闲暇,过不多久,光靠我们肯定忙不过来!"

听五道说完,清霞冷静地点点头。

"唔。——异形能被普通人看到的原因查明了?"

"怎么说呢,毕竟没有样品,提出假设也很难实际验证嘛!这次虽不是毫发无损,不过总算搞到了有问题的异形……"

五道不自然地止住话头,偷眼看了看美世。

从他话中可以想象到关在笼子里的那个异形将成为实验品,想必五道在担心这会坏了美世的心情吧。

不过,美世也懂得世界并不是想象中的那般美好。

"不必介意,请继续。"

"不好意思。……今后研究可能多少会有所进展。不过就算这样,恐怕也很难赶得上异能心教。"

"的确如此。回驻地后,马上申请展开调查!"

"遵令!"

五道行礼后回到队员们中间。不管怎么说,他的确是清霞的得力助手。

目送五道离开,清霞有些焦躁地抓乱了自己的刘海儿。

"美世,抱歉——"

"知道了,我明白。"

美世准确地揣摩到了未婚夫的想法,抢先一步点头回答道。

从遭遇此事,清霞说向军队通报时她就明白了。

"带好这个。"

清霞递过来三片叠得很小的白纸,看起来跟生成纸符用的东西一模一样。

"以前给你的改良过的护身符带在身上吗?"

"带、带着呢!"

那是防备非常事态时护身用的纸符吧。

美世就算没有见鬼之才,也勉强算是个异能者,作为施术者的基本素质她还是有的。加上清霞手制的护身符经过改良,能够辅助美世发动异能术符。

从头开始做纸符还有难度,不过只要有辅助,好歹也能操控这类异能术具了。

"回来可能会很晚,你就在这里等着。我也会一直盯着你,有什么事的话就用这个!"

留下这句话后,清霞离开美世,分开已七零八落的人墙追赶部下去了。

美世望着他的背影,心里其实很是不安。

不管怎么说,清霞虽是美世的未婚夫,可更是守护帝国与民众的异能者,是个军人。

就要他守在自己身边,不要丢自己一个人留下。这种任性的话,美世说不出口。

他总是把美世的安危放在第一位。即便发现了异能心教,他也没亲自上前先行阻止他们,而是特意叫来五道等人,这肯定是优先考虑了美世的人身安全。

可以清晰看到清霞向队员们下达命令的样子。

考虑到现在的防身问题,清霞从不让美世离开自己的视线。他在最大限度地保护仍被甘水虎视眈眈的美世。

因此,身为军人的妻子,除了默默地送走清霞,别无选择。

我也太感情用事了,这可不行!——美世握紧手里的纸片贴在胸前。

第二天早晨,各家报纸均以"异形现身元旦神社"为题做了大篇幅报道。

报道从头到尾详细介绍了异能心教的活动,探讨了他们所说的异形到底是个怎样的存在。

但也有报道对此前隐瞒异形和异能存在的政府与军方公然表现出不信任感并大加批评。

所以,一大早起来,清霞就愁眉苦脸的。

美世不知道该说点什么好,矮饭桌上摆着的早餐有煮年糕、炖菜、醋拌凉菜等新年的饭菜。

"哈……美世。"

"在。"

像是从肚子底部发出一声长叹的清霞从报纸上抬起头来。

"今天要去执勤所,你也来吧!"

"知道了。"

"——看吗?"

美世点点头,展开清霞递过来的报纸大体浏览了一遍。

果然,报道异能和异形的文字可谓不惜版面,而且措辞非常令人不快。

说什么,其实军方从一开始就设置了应对异形的专门部队——对异特务小队。但在异形出现时,如果该小队疏于按照异能心教告发的情况进行处理,那耗费帝国民众税赋的意义何在?!诸如此类。

为什么这样写呢?

几乎所有帝国民众都没见过对异特务小队执行任务的现场。

而另一方面,不管是在帝都生活的民众还是到访帝都的什么人肯定都至少听到过一次异能心教积极的宣传。

哪边的主张更容易令人信服呢——客观地想一想,应该说有人提出这种意见实属无奈。

本来,异能者就不是能被一般民众理解的存在。

而且,历代帝王要根据有无天启异能来决定是否可以继承帝位这一事实也不为一般人所知,这仅仅是一部分与国政相关的人才掌握的信息。

多数帝国民众并不了解皇太子的具体选定方法,只是相信帝王是神的子孙,非常高贵。

维新以前的上流阶层理所当然地接纳了追随帝王与异形作战的异能者。而在超越神秘主义的科学成为主流的现代,认定异能和异形为不可信之物却依然拥有爵位的人也不在少数。

看见异形的人,以及遭遇异形的机会,相比以前都在减少。

因此,在对异能者及异形这类人和事物的真实情况的理解上,普罗大众几乎完全没有概念。

即便如此——

一味接受并扩散异能心教言论、质疑军方所作所为的这种轻率的批评态度也让人很难容忍。

可能觉察到了美世沉重的心情,清霞小声说:"不必那么生气!"

"世间的认知就是这种水平。自古以来,清楚地认识到异能者存在的也就是统治阶级和直接为其服务的人群。被误解不是现在才有的。"

"可老爷您这么辛苦……"

即便他装出不在意的样子,可这种郁闷的心情却不知该向哪里排解。

美世不禁耷拉下眉梢,重重地吐了口气。

这时,像在给她鼓劲似的,清霞将手轻轻按在美世肩上。

"别往心里去!——问题是今后世间对此的反应,还有如何应对这些反应。"

异能心教每次活动虽然规模小时间短,但也在人群聚集位置醒目的地方搞了很多次。

如果这种状况被如此这般连日报道的话,事情闹大的同时,舆论肯定会倾向于批评政府及军方。

这次,被当作问责对象的对异特务小队清霞他们的负担会有多重呢?

新年伊始就闹出这种烦心事,美世无论怎样被清霞鼓劲都免不了郁郁寡欢。

"唔,美世,还有更要紧的!"

"啊?"

"该准备准备那件事了!"

嗯,想想还有什么,是那件事。

"那件……事,真会成行吗?"

"尧人殿下有意如此。虽然反对者也不少,但他一旦有了想法,就一定能做到。"

那件事。

将被异能心教当作目标的美世和尧人两人置于同一地点,集中力量加强守护,这是个大胆的策略。

美世成为袭击目标是经过此前的事件不言自明的,而尧人似乎也身处险境。异能心教绑架天皇是为获其权威,这样一来,手握实权、与帝王同样拥有影响力的尧人便成了障碍。

异能心教近期会着手除掉尧人吧!

由此,便有了上述方案。

具体操作层面,因为将尧人转移出皇宫并非良策,故而尧人亲自提议,只把美世与信得过的人接入皇宫,以对异特务小队为中心加强守备以武力对抗异能心教。

但不得不说,跟转移尧人同样,将众多外部人员接入皇宫,在警备方面也不是一步好棋。

结果,过了年底直到年后,方案仍未获得政府及宫内省的许可,但美世也意识到"这一方案或许能实现"的可能性还是存在的。

现在看来,似乎越来越具有现实色彩了。

"那……"

"嗯,应该定下了,尧人殿下的预定安顿下来的七日后,对异特务小队的据点也转移进皇宫加强警备。"

美世下意识地将手放到嘴边。

如此出人意料——这样说或许不敬——的方案竟然会获得通过。肯定是尧人坚持这么做,与其同步行动的大海渡的努力想必也不可估量。

皇宫乃国之中枢,是帝国中最高贵家族的居所,就在不久前还是处禁闭之地,当然也应该是处被禁闭的紧要之地。

清霞吁了口气,静静地闭上眼睛。

"当然你也要去。住几个晚上,对,按能住半个月做准备吧!"

"知道了。"

美世点头答应,清霞接着又说:"已决定由姐姐和百合江做你的陪同一同前往,这个由我来说。"

"嗯……可以吗?"

真是意想不到的好消息,美世吃惊不已。

这次,在皇宫受到保护的是尧人和美世两个人。

本来,身为普通百姓的美世光是得到跟尧人同等级别的保

护就诚惶诚恐了。虽说如此,美世一个人住在皇宫,不只惶恐,恐怕会紧张得连饭都吃不下去。

更何况身处皇宫,就算有陪同人员,一般也会认为肯定是军方相关人士或由宫内省派员。

而有叶月和百合江一起跟来的话,没有比这更令人欢欣鼓舞了。

姐姐既是异能者又是大海渡将军的前任夫人,当然可以理解,连百合江都被准许……

真为我费尽心思,美世在心里深深地感激尧人和大海渡。

"给你添麻烦了。"

美世对耷拉着眉梢一脸歉意的清霞使劲摇头。

"没问题的,老爷。……我能做点什么的话,一定全力以赴。"

究其原因,形成这种局面其实是因为自己成了甘水的袭击目标。自己应该感谢清霞才对,绝不可能因为有点麻烦就生气。

或者倒不如说应该道歉——

"我才是那个一直在制造麻烦的人,实在抱歉!"

美世手指抵在榻榻米上深深一躬。

有多久没这样了?

从春天搬来这个家,已经用不着再额头触地地道歉了。而去年的此时,一天之中还要理所当然地多次重复这种行为。

"美世,别这样!"

听到清霞慌乱到有点不正常的声音,美世微笑着抬起头来。

感觉只有在这个家里,只有在他身边,才能成为人,才能体会到被褒奖、被宽慰的滋味。这才是将自己当作人来对待啊!

因此,没有一件事需要清霞向自己道歉。因为自己倾尽所有也无以回报清霞给予自己的东西。

"老爷,太谢谢您了。"

清霞握紧双手将美世的手包覆其中,轻声感谢的话语与清霞手上的温情被一同接受了。

能一直像现在这样就足够了。

完全没必要给心中那份情感命名并说出来。

美世将这份暖暖的爱意悄悄沉入心底,隐藏得无影无踪。

第二章　宫城与不安之日

还不到正月初三,清霞就跟往常一样穿上军装去对异特务小队驻地上班了。

新年一大早就上班,尽管对未婚妻美世心怀歉意,不过看起来她好像自有主张。丝毫没有嫌麻烦的意思,还做好便当让自己带上。

果然,驻地内除值班人员外,多数队员也都来了。

或许都觉得报纸上报道的事件与己有关,可只是个最基层执行部门的对异特务小队并不能做什么。

因此,就算来了这么多人也没什么具体任务分配给他们。但可以想象,恐怕大家的心情都一样,都无法坐视不理。

"队长,大海渡少将马上就到!"

清霞对早来值过班的五道点点头。

办公室内已被扔满集中到这里的有关投诉及咨询的文件。

这些基本上都是民众来信,虽说初步上交一份大略的报告便可不予理睬,但毕竟来信数量本身就相当可观。

另外,除涉及异能心教,其他与异形相关的信息也是平时的好几倍,现已被军队本部责令抓紧应对了。

不过当然不可能说声别闹了就能让他们不闹了,而且散布出去的言论也无法撤回。清霞他们除了当场逐一应对,别无他途。

五道满脸厌烦地将文件胡乱扔在桌子上。

"……再略微整理整理文件就出去!"

"啊?!我也可以去?"

清霞还有点犹豫。

他很清楚五道想从繁杂的案头工作中逃脱出来的心思,不过带着这个身为副官的家伙出去也没什么坏处。

今后,清霞未必能一直下达指令、指挥现场。

"去吧!有些杂务没什么意义,交给班上有空闲的队员处理吧!"

"遵令!太棒啦!"

清霞叹了口气起身离席。

说话间,马上就到大海渡来访时间了。两人姑且扔下桌上的文件,向驻地玄关迎去。

不消片刻,大海渡的车子到了。

"对不住,清霞,这种日子来跟你商量事儿。"

"实在不敢当,劳您大驾不胜惶恐!"

"五道也辛苦啦!"

"没事没事,我这儿没问题!"

身为高层官员的大海渡,被迫亲自出面应对异能心教的告发及相关报道,甚至连过年也不得休息。他严肃的表情里稍微透出一丝疲惫。

"不过清霞,你难得休个假啊,肯定想好好歇歇吧!"

对上司的问话,清霞面无表情地说"公务在身嘛!"而对方的眼神明显就是想说"这个固执的家伙!"

被他反复唠叨,虽说会宽慰自己这纯属无奈,但内心也极易动摇,所以希望他还是不说为好。

在走向接待室的路上,清霞有点赌气地嘟哝道:"假期里工作,阁下也一样吧!虽说平日就很忙,但还以为您在过年这三天多少能休息休息呢!"

听到这话,大海渡本来就严厉的表情更加严肃。

"……说的也是,抱歉!"

"可能是我神经过敏,感觉家姐挺孤单的,请您也去看看旭。"

昨天,尽管天都全黑下来了,清霞还是在回家前去久堂本邸给姐姐叶月拜了年。

虽说在年底私人聚会上刚见过面,姐姐还是对前夫大海渡没来拜年显得很担心,对他没能来看看儿子旭也很是不安。

听清霞说出这些,大海渡也流露出跟姐姐同样微微忧伤的神情。

"啊,都安顿下来后就去看看。"

走进打扫得干干净净的接待室,两人面对面在沙发上坐下,五道说声去斟茶便原路返回了。

不等茶准备好,清霞和大海渡就迅速进入正题。

"尧人殿下的计划获得通过一事传达下去了?"

"是。"

为能在七日以后马上移至皇宫,各处都在做着准备。

异能心教想要的肯定是尧人的性命和美世的异能。

有关这点,知情人意见基本一致。

异能心教先绑架天皇,为的是掌握其权威。

劫持天皇使其成为傀儡,再置执掌实权的下任天皇尧人于死地,便没了任何阻碍,异能心教就可以挟天子之名随心所欲地将国家玩弄于股掌之中。

因为再也没有其他值得追随的人了。身份高贵的人还有几位,但他们谁都没有天启异能,本来就不具备继承帝位的资格。

固然有形式上的顺位继承人,但其是否有治国能力、是否有异能或见鬼之才、是否有人望——显然这些要素必将在国之中枢引发争执。

瘦死的骆驼比马大。在天皇不驾崩就不会认可换代的现实制度下,即便丧失了天启异能,帝王作为国家管理者的标志仍不会改变。

因此劫持天皇杀死尧人就成了异能心教的目标。

另外,有关美世,他们也不会置之不理。因为她拥有见梦之力。

所谓见梦,是指潜入正在睡觉的人的梦中操控梦境的能力。将人在梦中洗脑或将人锁闭在梦中使其无法醒来,都易如反掌。

当然,美世不会实施那种行为,可一旦成为人质,将其陷入被异能心教逼迫不得不使用见梦之力的境地就不好说了。

当然不能说没有私情上的考虑。

不过就算不考虑私情,美世被劫所带来的危险也不会改变。

将所有力量都集结在皇宫,形成背水一战的态势,作为清霞来说对此并不怎么感兴趣。但要同时保护两人,尧人的这个方案最有效。

"已得到政府和宫内省的许可,你们就按计划行事吧!"

尽量避免流露出不满,清霞表情复杂地点点头。

"遵令。"

大海渡显然觉察到了清霞内心的不满,但他什么也没说。

谈话告一段落,五道可能瞅准了这一空当,赶紧端着托盘走进屋来。

"让您久等啦!"

两人份的茶具和茶点被放到桌上,他们很快又转入另一个话题。

"——另外,有关那个异能心教的活动和新闻报道。"

清霞闻言,如同脉搏剧烈跳动般的紧张猛地传遍全身。

对异能心教的管制,现已陷入被动。

对没有见鬼之才的人也能看到异形这一现象的调查迟迟没有进展,此前任由他们进行舆论传播,这些都可以说是负责异形相关事件的对异特务小队队长清霞的失职。

如果能捉住甘水并挫败支持他的宝上的行动,当然就不会形成这种局面,而一次次错失良机,明显是失误。

这都不容清霞辩白。

"不必那么紧张!事情太反常,没有特别责备你的意思。对异能和异形的研究大大落后于异能心教也绝对不是你的问题。尧人殿下也说了事出无奈嘛!"

"话虽如此,应该不至于这么被动才对。"

对过去的事再说这说那也于事无补,不过,实际上几次被甘水蒙骗过去的清霞当然不会就这么一错再错下去。

大海渡看着清霞轻轻吊起嘴角。

"不要过于纠结!与其后悔,不如多想想下一步如何行动吧?我觉得这样更好。"

"……实在不好意思。"

清霞微微一躬,大海渡叹了口气摸着下巴说:

"不过这件事,本身就很蹊跷。"

"蹊跷?什么意思?"

"有关异形,应该从一开始就做了信息管制。"

异形与异能的相关话题通常都置于政府管制之下。

虽然偶尔也会有因信息管制失控泄露到民间的时候,但大

都要么明显不可信,要么规模小到令人一笑了之。

如果引起大的骚动,相关报社或记者肯定会被政府盯上。

因此,不管异能心教怎么折腾,通常报社都不可能大张旗鼓地报道异形或异能的消息。

"在哪个环节怎样出现的监管漏洞……?已对报社施压,也让他们准备了更正报道,但估计不会有明显效果吧!"

所谓更正报道,反而只会以提高报道的可信性而告终,因为人们会认为"可能新闻报道太真实,怕是对军方不利,所以才向报社施压吧!"

刊载有关异能心教告发报道的报纸可不止一家两家,而且因为曾多次报道,民众对报道内容已经相当接受。现在才更正未免……

"要扭转舆情,除非另外立功再大加报道,没别的办法。"

"所言极是,不过这也并非马上就能做得到。"

军方要立大功,恐怕得发动战争才行。

也就是说,这种情况下最合适的解决办法——

"彻底封杀异形相关报道,等骚动自然而然地平息下来,对吧?"

在清霞身边待命的五道边举手边插嘴道。

"对。"大海渡愁眉不展地应了一声。

不过,这也未必行得通。

因为此前从没出现过导致这种事态的管制漏洞。由此可见,这次事件肯定是有人指引的。

而且此人与政府关系密切,并位居国事管理之职。

此人必然有其目的,目的就是抹黑政府、军方及对异特务小队。

总之此人绝不可能老老实实地等到人们将有关异形的记忆彻底淡忘。

今后就更不用说了,只要现在异能心教的告发及他们的活动继续发展下去,在全国范围内,异能者的存在被煞有介事地传开也只是个时间问题。

"祖师欲开创一个全新的世界,一个让众生皆能获得异能的完美世界!"

宝上家的人大喊大叫的声音在脑中回响。

其实不难想象。

要创造一个所有人都能拥有异能的世界,首先必须让所有人都知道异能的存在。

掌控权力,让全国都知道异能和异形的存在,增加人工异能者。这样一来……

从此前甘水的行动中自然能推导出他的目的。

首先,会先利用天皇的权威,废除当前国家的组织框架吧!

异能心教要提高异能者的待遇。

新建国家的管理事务,将由在身体、能力等方面比普通人优秀的异能者参与,另一方面,没有异能的人提出要求的话,可以

成为人工异能者出人头地。

这样,站上顶点的将是薄刃家族。

薄刃家的异能者能操控人心。也就是说,他们在包括异能者在内的所有人中处于最有利的地位。

没有异能的普通人受异能者统治,而这些异能者又由薄刃家族支配。可以推测,异能心教就是想建立起这样一种体制。

此前甘水的行动也是在为此布局。

劫持天皇,将势力扩张至政府内部,散布异能者和异形存在的消息等都是如此。

这是在为彻底摧毁现行国体,构筑起对异能者尤其是薄刃家的异能者有利的新体制奠定基础。

而他们的目的一旦达到,天皇将成为无用之物,会被直接杀死。

这样一来,等于异能者甚至天皇都成了被甘水玩弄于掌心的玩物。

自己现在走的这条路真的正确吗?清霞难掩疑虑。

"——清霞。"

"在。"

"做好心理准备!"

大海渡表情严肃语气沉重。无法开口问他是哪方面的心理准备,但不问也很清楚。

军人必须时刻做好的准备只有一个。

清霞很自然地用力握紧拳头。瞥一眼五道,他也同样微微板起脸。

"会引发内乱?……呃,对不起!"

这话显然是不加思索地脱口而出,五道慌忙道歉,大海渡轻轻抬手制止他。

"不必,没什么。……好像还没有明显的征兆。不过,感觉尧人殿下似乎预感到要发生类似政变的什么大事了。"

如果清霞的推测正确,一定会有政变发生。

异能心教、甘水企图颠覆国家……为夺取政权,为毁掉一切肯定会发动政变。

一旦政变爆发,即便甘水的阴谋不能得逞,政府和军方也未必会平安无事,当然对异特务小队也在劫难逃。

不知不觉中,清霞的眉间拧出了个大疙瘩。

自己应该做的是——

身为军人,身为效力皇家的异能者,应尽的职责永远不变。

不过,相比这些,相比一切,最先浮上心头的却是未婚妻的面容,清霞想的是要保她平安。

不管是军人还是异能者,自己可能都已经不够格了。

柔和的微风伴随着恬淡清爽的花草芳香拂过面颊。

　回过神来，美世正似睡非睡迷迷糊糊地站在似梦非梦朦朦胧胧的景致中。

　这里是薄刃家吗？

　传入耳中的只有树叶沙沙的声响。对这风光明媚的古旧庭院，有种似曾相识的感觉。

　这是美世生母澄美嫁入斋森家前住的地方。尽管现在屋院重建外观已变，却是美世的外公义浪和表兄薄刃新一直守护的家园。

　这个不知是过去什么时候的薄刃家和美世所知的现在的薄刃家相比，不单外观，感觉整个氛围都大不相同。

　这是个梦吧？……是的。以前也梦见过薄刃家。

　从久堂家别邸出来，在回帝都的车站上与甘水初次见面后，曾来过一次相同的地方。

　当时澄美和甘水直在亲热地聊着天。那这次会是什么呢？

　梦中意识仍旧依稀不清，美世思索着，看到自身轮廓正低头盯着模模糊糊的双手。

　不知为何会在梦中以这种形式走进过去的薄刃家。

　见梦之力虽不完美却也可以驾驭，至少不会使异能随随便便地发动起来。

　话虽如此，美世会在无意识间使出异能之力吗？会发生这种情况吗？

　"这个家可以一直这样吗？"

心中浮起的疑问被一个少女的声音打断。

听到的依然是现实记忆中并不存在,却在梦里多次听到的母亲那熟悉的声音。

这是以前梦境里的几年后的事吧。

之前与甘水说话时的天真烂漫已悄然不见,声音变得异常忧郁。

"澄美,别担心!我一定一定会想办法做到的!虽然薄刃家、甘水家我都不喜欢,可为了你我也要说到做到!"

接着,随风飘入美世耳中的是甘水的低语。

稍微向前走几步,院子里的树荫下出现了两人的身影。

澄美低头坐在树根上,甘水在她面前蹲下身,像在鼓励她似的拉着她的手。

"直,谢谢你,可惜已经无能为力了。给我家施压的,可能非常……是连我们都不敢轻易出手的、非常高贵的对手。"

从澄美的话里听得出,这里就是薄刃家开始没落时的那段过去。

在这之后会发生什么,美世已从义浪那里听说了。澄美的忧愁以现实的形式袭击了薄刃家系。

因为她所说的高贵的对手正是当今天皇。

甘水仍在试图使痛苦不堪的澄美振作起来吗?感觉他的眼眸中刹那间迸射出锐利冰冷的寒光。

"澄美!澄美用不着那么担心!那些让你难受的、让你痛苦

的、让你伤心的东西,我要把它们统统毁掉!"

"……说过不可以乱来啊!"

"就算乱来,也并非全是坏事!把不喜欢的东西毁掉、毁掉,统统毁掉,光把对自己好的东西、喜欢的东西集中在一起重新打造出来就好。你我重新打造好后就都归你所有。全都为你,为你打造出对你好的东西!"

一阵恐惧令她后脊发冷。

但有这感觉的似乎只有身为旁观者的美世,当事人澄美只是一脸愕然地笑了笑而已,她弱弱地说:

"唉,你说的这些根本不可能做得到,不是吗?小孩子家的那种玩笑话就算了吧。我很明白你的心意。"

不对!甘水说的可不是什么玩笑话。

可能那就是他的真心话。他后来创立了异能心教,此时此刻也一定在策划着什么大的行动。

无意之中,美世不禁后退一步。向后撤回的那只脚摩擦着砾石地面,轻轻发出"沙"的一声响。

"啊……"

心里一慌,一声惊呼溢出唇间。

虽然这里是美世的梦境,肯定不会被人发现,但有那么一瞬她还是在担心自己的偷窥行为会暴露。

她猛地用双手捂住嘴,本来是没这必要的。应该没必要。

嗯?

不知为什么,甘水竟慢慢转过头来。

他那毫不犹疑的动作朝向的正是美世站立的位置。

怎么会这样……

这位年轻人蕴含着异样光彩的眼眸向自己这边转了过来。

惊恐、紧张得心跳几乎都要停滞——如同被蛇盯上的青蛙,身体完全僵住。接着,美世的意识中断了。

前往皇宫那天的早餐,天空湛蓝清澈,是个晴朗的冬日。

美世和清霞早晨起来双双动作麻利地用毕早餐,整好衣装,锁紧门窗,确保一段时间不回家也没问题。

美世忙得不可开交,也没空仔细回味回味昨晚做的梦。

再见了……好吧。

梦中看到的是年轻时的甘水的眼睛。

虽然感觉确实向自己这边转过头来,但那毕竟发生在梦里。可能是自己想多了,而且这也不是当前最急迫的事。

为不让自己再胡思乱想,美世又检查了一遍已提前整理好的可以连续多日住在外面所需要的行李。

确认过的行李依次搬到玄关处,清霞将它们堆进汽车里空着的地方。

堆放完后,剩下的空间仅够美世和清霞两人勉强坐进去,车里几乎满满当当的。

"……先把行李多少送过去一些就好了。"飞快地坐到驾驶位上的清霞手握方向盘向身后瞄了一眼,小声咕哝道。

美世也笑着点点头。

"是啊,那要跟姐姐和百合江婆婆在住的地方集合吧?"

"嗯,说好在宫城会合。"

汽车在积雪融化略含湿气的路上缓缓起步。

现在要去的宫城里,好像已经为对异特务小队设置了简易的支部。

清霞他们对异特务小队的成员有机会轮流回家,在宫城则是露营的形式。

另一方面,在宫城里腾空了由游廊连接尧人宫殿的别栋[①],商定好美世及陪同她的叶月、百合江三人住在那里。

本来这栋建筑应该是举行祭祀之类的仪式时当作小会场或等候室用的,并不适合住宿,但此时此地,不是为这点事儿发牢骚的时候。

对异特务小队的异能者们作为施术师施展异能设置了结界,全力保护尧人宫殿及美世她们住的建筑。

毕竟是身处帝国最高贵家族居住的宫城,而且又与下任帝王受到相同保护,美世惶恐得身子都要缩成一团了。

身子发僵,几乎连怎么呼吸都忘了的美世吁了口气,一旁的

---

① 别栋:一般指正房以外的另一栋建筑。

清霞赶忙安慰,叫她别怕。

"尧人殿下说会最大限度地提供方便,他本人也并不是很死板。当成住在某个旅店里就好。"

"……当成旅店,怎么可能……"

要是住在某个旅店里,美世也不会紧张成这样。将尧人的住处当作旅店,这根本就做不到。

打小时候起就与尧人有来往,相互之间已经习惯了的清霞当然不会觉得怎样。

本来以自己的身份就不该接近尧人殿下。

虽说娘家确实是异能者家族,但斋森家已经生不出强大的异能者,无法胜任了。而且,尽管现在好些了,可自己是本就没受过什么正经教育的不懂礼数的人啊!

上流阶层的人家如果有这样一个姑娘,一般会视为家门之耻而禁止其抛头露面,顶多将其嫁进某个有特殊情况的家庭,算是摆脱掉这个麻烦,到死都会隐藏得严严实实,任其自生自灭了却一生吧!

并非例外,美世也是代替异母妹妹被嫁到传言中冷酷无情的清霞身边的。

因为清霞的善良才得以获得现在的幸福,不然,这辈子肯定过得极其痛苦。

有过这种遭遇的美世,不仅见过尧人一次且说过几句话,还去他的居所并住了下来,实在太不合常理。

"自信点！如今你已经是久堂家当主的未婚妻了，拿出宫城这地儿算不得什么的气势大步向前走就好！"

想不到他会说出这番话，美世惊得瞪大了眼睛。

清霞一直过着异能者的生活，而异能者是要向拥有天启异能的天皇和皇太子宣誓效忠的。

从他口中说出"宫城这地儿"实在太意外。

不过，美世明白，清霞把话说到这份儿上只是为让自己打起精神，现在虽然不是发笑的时候，可美世嘴边还是现出微笑。

"谢谢您！我会加把劲儿！加把劲儿拿出自信！"

"呃，不对，我觉得自信不是加把劲儿就能学到手的东西。我姐也在，你不知道该怎么办的时候，学姐姐，按她说的做肯定没错。……应该是。"

"遵命！向姐姐学习！"

"不过，还是要掌握好分寸……"

说话间，汽车驶入美世不太熟悉的道路。

这是平常极少接近的地方，马上就要到皇宫了。

虽然同在帝都，皇宫周边的氛围却跟别处略有不同。

跟繁华街市相比，行人一下子减少下来，建筑方面，土洋混搭杂乱无章的现象也不那么浓重了。仔细端详，这里大公司的办公房屋等建筑较多，来往的都是身穿西装的工作人员，气氛非常平静。

在隔开宫城与外界的庄严肃穆的大门前，除了门卫，还能看到几个穿军装的身影。

这几张面孔似曾相识,应该在对异特务小队执勤所见过。他们看到汽车驾驶位上的清霞后慌忙立正敬礼。

清霞将车停在他们近旁。

"辛苦!"

"队长,您辛苦啦!"

"这车可以在附近停一会儿吗?"

"是,没问题!"

清霞对代表其他人回答的队员点点头,再次发动车子,沿着围绕宫城的城墙开到紧挨着门的地方才停下来。

"从这里开始直到穿过两道门都得步行,能行吗?"

听清霞问,美世当然赶紧点头。

但行李太多,光是美世的行李就有三个提包,绝对不是一次就能搬得动的量。正在这时,走过来两三个队员,说可以帮忙搬行李。

其实,使用意念力等异能很容易就可解决问题,但异能者尽可能不在普通人目之所及之处使用异能已成默契。当然,紧急时刻或歼灭异形等万不得已时除外。

美世提着装有贵重物品的手提包,跟在昂首挺胸地穿过宫城大门的清霞身后。

从最外侧的门进入宫城地界,首先要通过一座大桥。

这座桥是为跨越环绕宫城外围又深又宽的护城河而建,宽

度上,两辆汽车迎面驶过都绰绰有余,桥长换算成步数大约需要走一百二十步。

将视线从稍前方转向桥下的护城河,水是绿色的,很浑浊,看不到水里有什么。

过桥后又见一道门。刚才穿过的是外门,这次是内门,不过这道门的里侧又有多道护沟多个池塘,门内区域被水和墙细密地划分开来,据说这是用于防备外敌入侵的。

穿过第二道门后,面前是整齐的道路和多个庭院。

现在是冬季,不是可以在庭院里玩乐的时候,但如果在春天或夏季来访,这种满花草树木的漂亮庭院,肯定会五颜六色多姿多彩。

那儿还停着一辆马车。

不会要坐那家伙吧!

美世正吃惊,清霞简单解释了一下。

"这是为在宫城区域内移动准备的专用马车,尧人殿下给客人准备的。"

"真、真不得了……"

当今时代,使用马匹的陆路移动手段被慢慢废止,现在主要用自行车、汽车、火车等交通工具。

美世直到不久前还过着被限制外出的生活,这是她头一次见到活的马。

"坐那家伙去尧人殿下的宫殿。"

清霞径直走向马车,美世跟着他也向马车走去。

牵引马车的马匹并非帝国原产,似乎是从西洋引进的身躯高大拉力强劲的品种。美世被它的气势镇住,感觉像自己这样的很轻易就会被它那强大的气场压倒。

马车的车身不是箱型。露天座席上带有最基础的顶棚,外形很像人力车。不过,应该说不愧为皇宫里的物品,光看看毫无廉价感的座席上铺着的布料材质就知道这是最高档的东西。

美世先扶着清霞的手上了较高位置的座席,随后清霞自己也坐了上来。

见两人坐稳,赶车的拉动缰绳,马车开始缓缓前行。

听着车轮转动咔啦咔啦的响声和马蹄敲击地面发出的声响四下张望,隔着小护沟的前面想必就是皇宫的关联设施吧!有几座厅舍①模样的建筑,现在正人来人往,看似很忙碌的样子。

远处,在庭院之外,还能看到有片像是树林的地方,非常茂密。

最显眼的是建在中央的一座宫殿,那应该是天皇的住处吧!在美世看来,这座宫城的全部区域,就像一个小型街区或一个国家。

马车跑在平整的小路上,跨过几座桥,越过池塘和护沟,在过了中央那座高大的宫殿后最前面的建筑前停下。

---

① 厅舍:政府机构的建筑物。

这里是尧人皇太子的宫殿。

虽说比帝王的宫殿小了一圈,可即便如此也相当宏伟宽阔。

美世和清霞下了马车,马上有几个熟悉的面孔走近前来。

"啊,小美世!"

"姐姐。"

最先过来的是清霞的姐姐叶月。

近来,美世在对异特务小队执勤所的时间较多,跟她学淑女礼仪的时间相对减少。好在岁末年初见面的机会多起来,美世开心得不得了。

清霞依旧不露笑脸地看着姐姐。

"姐……"

"哎呀,怎么啦?队员们都已经行动起来了,你也快去吧!"

"不用你说我也要去!"

让姐姐费心劳力,清霞皱着眉一脸不痛快。

感觉气氛马上要紧张起来,这时百合江突然从叶月身后露出脸来。

"少爷,叶月小姐,我百合江寻思着嘛,在这地儿拌嘴可不太妥……"

一见面就吵架的姐弟俩都觉得百合江说得在理,慌忙把各自的冲动压了下去。

美世见现场恢复平静,便瞅准时机,微微点头跟她们打招呼。

"姐姐早上好,百合江婆婆早上好。"

"美世小姐,早上好啊!"

"早啊,小美世!"

"呃,要麻烦您一阵子啦。"

她俩作为美世的陪同来到这里。

说是半个月,但实际上并不清楚会住多久,这是特地请她们过来陪自己在皇宫生活的。必须谢谢她们。

不过,叶月和百合江都笑得很开心,并没有多么在意的样子。

"小美世什么也不用多想!就这么个状况,不得已而为之,不是因为小美世做了什么坏事!都是一家人嘛,就让我来帮这个忙吧!"

"说的是啊,美世小姐!虽说我百合江也头一次进皇宫,紧张得要命,但一定要让美世小姐您在这里住得安安稳稳踏踏实实!"

叶月的可靠一如既往,在这个谁都免不了会胆怯的地方还能这么大大方方,真不愧是清霞的姐姐。美世不由感慨,自己是真心学不来啊!

不过,虽然百合江也是第一次来,也说自己很紧张,但她那平和的表情跟平常并没什么不同。

问及这一点,百合江说:

"哎呀,美世小姐,百合江我都是这把年纪的老太婆啦,不会

轻易表现出发慌的!"

能有她俩陪着,心里倒真是踏实。

"谢谢您,拜托啦……"

不大工夫,帮忙搬运清霞和美世行李的队员也到了,接过来的行李这回又交给了尧人宫里的宫人①。

众人寒暄已毕,美世她们又商量起接下来如何在宫里生活的问题。

说是商量,并非像很正式很严肃的会议那样,也就是凑在一起简单地说说而已。过来商量的有清霞、美世、叶月,还有薄刃新。

刚要换个地方,薄刃新过来了,来得可谓正是时候,清霞将怀疑的目光投向他。

"薄刃新,刚才你在哪儿?"

"哈哈哈!久堂少校,老计较些鸡毛蒜皮的事儿会变秃头啊!"

美世目不转睛地盯着新。

浅色马甲外面套着黑色西装,领带系得板板正正,他披着风衣的瘦削身材比平时更显风度翩翩。

加之他依然待人和蔼一脸微笑,一副无可挑剔的好青年的样子。

---

① 宫人:在宫中侍奉帝王的人。

跟叶月一样,和薄刃新也是在年底的聚会上见过,过年去薄刃家拜年时又见过面。不管哪次,他都跟往常一样,看起来跟以前没有丝毫变化。

本来这应该是高兴的时候吧。因为对帝王被眼睁睁劫走这一重大失败,他似乎并未当成什么大事。

可是,看看薄刃新的表情,美世还是心神不宁。

如果又是自己钻牛角尖儿,那倒还好……

他是个会为使命牺牲的人。另外,虽说薄刃有自己的生存法则,但终归也是异能者。

天皇是应该追随、应该保卫的主君,这对薄刃新来说当然也是一样。对这样的他感到一种莫名的危险的,难道只有自己吗?

算了,还是不要胡思乱想为好。自己觉察到的这点儿情况,换作掌握着更全面信息的老爷,肯定马上就能推测出来。

美世努力将注意力集中到自己身上。应该有点自知之明,自己并没精明到能顾虑这个顾虑那个的程度。

"美世!"

"啊,在。"

美世从不知觉又要陷入的沉思中惊醒,原因是薄刃新带着一脸招人喜欢的笑容过来打招呼了。

"定下了,由我来做美世的贴身护卫。"

"是啊,听说了,拜托!"

听到美世的回答,薄刃新笑意更浓。

"很高兴能跟美世一起度过这段时光。有关异能的学习也要在这里继续下去,请有个心理准备!"

美世在异能觉醒后,请薄刃新做教导员学习异能的课程一直在继续。最近这些日子因在对异特务小队执勤所的时间较多而有点耽搁,但入住尧人宫里这一期间应该能再次开课。

美世很自然地正起身子一点头。

"好的,请您多多指教!"

批准雇佣看上去如此为难的薄刃新做美世保镖这一方案,足可窥见清霞对待此事是何等严肃。

因为仅凭那句话就能看出异能心教,以及甘水直是多么强大的对手。

"把不喜欢的东西毁掉,毁掉,统统毁掉!"

他说的不喜欢的东西是什么?

他说过要来接自己。那"毁掉"……不是要杀死自己吧?

那别的呢?美世最珍爱的、最不想失去的东西和人,这些又会怎样呢?

太可怕了,不敢想象。

"美世,怎么啦?"

新正看着自己。

薄刃新是薄刃家族的成员。薄刃在甘水本家一脉继承的也是同体系的、作用于精神方面的特殊异能。

这么说,美世像在喃喃自语似的将心中的疑问提了出来:

"阿新表哥来保护我,是因为那人要害我吧!"

"你说甘水直啊!作为我来说,随时都愿意做美世的保镖,现在不就是了吗?"

"那人异能很厉害。……阿新表哥知道什么对抗手段吗?"

不管有没有对抗手段,想必美世该做什么、清霞如何判断还有薄刃新的职责都不会变吧!只是不问出来就难安心。

不愿设想,面对一个如此可怕的、口出狂言要毁掉一切的存在,竟然没有能抵抗他的手段。

"我也在多方面考虑。"

"……会有有效手段吗?"

"怎么说呢,不太想说些不确定的话,眼下什么也回答不了。"

的确,就算现在有什么手段,也不会在这光天化日耳目众多的地方说出来。

美世垂头丧气地低下头,赶紧对自己的考虑不周加以反省。

"走,去商量商量吧!一切都要从这里开始!"

被薄刃新催促着,几个人走进尧人宫殿。

像个局外人似的装聋作哑可不成,那样只会干着急。薰子那件事,是自己太多嘴,已经做了反省,而有关甘水直,自己可是不折不扣的当事人。

但可能什么都做不了,因为以自己目前的能力,连异能都不能正常地施展出来。

不过自己也不能光眼馋,干等着被人保护啊!

还是不要轻举妄动为好?

在与甘水对峙时,美世什么也没想就冲到了大家的前面。

那次只不过是运气好点而已。尽管美世可能不会被杀掉,但在场所有人都可能会送命,而且如果清霞没及时赶到的话,美世也会被甘水带走吧!

没什么大本事的自己,到底该如何是好?

带着满腹犹疑,美世走进为商量事情准备的客厅,在坐垫上坐下。

"虽说并不是多么重要的问题……"

清霞做过开场白后,开始逐一说明确认事项。

美世在尧人宫里必须注意的有:第一,不能从宫中擅自外出。姑且不管有没有许可,可以去的地方仅限于尧人住的建筑和美世她们所在的连在一起的别栋这一区域。也就是说,会在这两座建筑里集中设置禁区。

即便是熟识之人,如果事先没有通知,也不允许带进宫来。这当然是为防备甘水使诈。

如果尧人有什么指示,必须服从。

"尧人殿下会有……指示?"

美世没太听明白,问清霞道。

这次行动是军方——特别是以大海渡麾下、对异特务小队为中心展开的。平时负责护卫天皇和皇室的宫内省虽然也有专门的技术和知识，但对手是异能心教就另当别论了。

面对自称祖师的甘水直以及宝上家系成员等异能者，更何况对手还是拥有制造人造异能者技术的组织，按照对普通人那样的护卫显然不会有效果。

因此，发起人虽是尧人，但听说身为非战斗人员的他将警备任务完全托付给了军方。

"啊，殿下特别说过，像是要跟你说点什么。"

"跟、跟我？"

"对！"

"到底要说什么啊？"

不清楚。清霞回答时也是一脸不解。

美世不觉得自己与尧人会有共同话题，说实话，甚至觉得话都说不到一起去。美世和尧人，作为人的性情、境遇，恐怕连想法……都完全不一样。

"唔，如果尧人殿下托付你什么，就答应下来。"

"遵、遵命！一定全力以赴！"

听到美世铆足了劲儿的回答，叶月吃吃地笑起来。

"用不着那么紧张，没事的！要是殿下说了什么不合适的话，我也会帮你！交给我吧！还可以顺便发个牢骚——"

"姐！再怎么……你不会打算对尧人殿下也来通说教吧？！"

"哎呀！殿下也有弱点嘛！比如小时候那些事啊！"

"不要动不动就揭别人的短！"

感觉叶月笑得很开心,根本不理睬眉头拧成了疙瘩的清霞。

姐姐要是开始对尧人殿下说教,就绝对要阻止她!

而且绝对、绝对要避免她靠揭短逼迫下任天皇尧人屈服这种事态的形成。这关乎帝国的威信。

美世暗暗发誓,紧张得心怦怦直跳,这种紧张感是前所未有的。

"另外,久堂少校,对我也有什么规定吗?"

轻轻抬起手说话的是薄刃新。

薄刃新担任美世的贴身护卫,但他并非军人,腕力固然强劲但有关护卫方面的经验不如清霞他们丰富。

"啊,薄刃,也要限制你与外界接触。不过,既然整天都跟着美世,也没有外出走动的机会吧!"

"说的是啊!……如果到了与甘水面对面的时候,该如何应对?"

美世心里一惊,看了薄刃新一眼。

这种假设都要提前做好啊!守卫都如此严密了,甘水仍有可能潜入这里么?

有,当然有可能。

甘水的异能是操控人的五感[①]。不管安排多少人监视,他们的视觉和听觉一旦被异能蒙骗就全都成了摆设。

---

① 五感:指视觉、听觉、嗅觉、味觉、触觉。

即便针对特定人物有条件地设置禁区以防止甘水进入内部,也仍无法保证绝对万无一失。

清霞的脸色一时间也凝重起来。

"果然要到这一步啊!"

"当然!甘水直说不上无所不能,如果他是万能的,那当今帝国已在其统治之下,他不要的东西也应该早就被彻底清除,然而这并未发生。因此他的异能还是会受到限制吧!"

薄刃新顿了顿,直直地盯着清霞。

"话虽如此,但也不敢说他钻个防守上的空子攻进这里的可能性一点儿都没有吧。"

"……言之有理。完全同意!那么,万一甘水直进入宫中出现在你和美世面前的话,保护美世!如果还有余力,那时候……"

清霞没把"杀"字说出口,但在场所有人都估摸到了。

"不用逮捕吗?"

"我倒要问你,你打算逮捕他吗?"

清霞和薄刃新两人锐利的目光交汇碰撞在一起,像是迸射出了火花。

在这紧张的气氛中,喉咙咕噜响了一声的是叶月还是美世几乎没什么区别,她们像是被他俩释放出的威势吞没了。

眼睛一眨不眨,两人只是通过目光的碰撞来表达各自的意志。最终,先微微闭上眼睛,打断这紧张感的是薄刃新。

"有难度啊!根本没时间慢条斯理地逮捕他。"

"是啊!但也不是非杀不可,绝不可蛮干!"

"了解,铭记在心!"

随后又确认过两三件联络事项便散会了。

跟为接下来宫中生活开始拆解行李的美世、叶月、薄刃新不同,清霞非常忙。

清霞不在,军方特别是对异特务小队的工作便无法展开。

虽然明白他很难做到,但美世目送未婚夫走向安扎在宫外的阵营时,心里还是在祈祷,希望他至少不要太过劳累。

"有点烦人的清霞也不在这里了,来,我们赶紧拆完行李,马上就可以无拘无束自由自在啦!"

叶月露出生气勃勃熠熠生辉的笑容。

"真有你的啊!这种状况也能叫自由自在!"

薄刃新说这句话不知是单纯的佩服还是带有嘲讽意味,美世却也赞同。不,是佩服,佩服得五体投地。

美世又紧张又害怕,显然她做不到无拘无束自由自在。

只是稍稍看看四周,她就被那些建筑的庄严宏伟彻底惊住了。

古色古香的木结构平房,隐藏着不能轻易理解的奢华。

比如用在连绵的长廊地板及顶棚上的一枚板。那么长的木板不切短直接运输并使用,为此所需要的劳力和时间以及由此产生的费用不可估量。

另外,栏杆上雕刻着花木鸟兽等细致精美独具匠心的图案,门楣廊柱无一处瑕疵,榻榻米上一点儿褪色、磨损的痕迹都不见……不胜枚举。

由此可知,在建造及保养维护等方面做到这种程度,花的工夫及费用何其巨大。

包括宫人良好的素质,从氛围上看就完全不一样。普通百姓家当然就不必说了,跟一般有身份有地位人家的宅院相比,也有天壤之别。

"我已经习惯了。父亲还当职侍奉今上陛下的时候,我和清霞都经常出入皇宫,也会跟尧人殿下见面。"

"是这样啊!"

不愧为久堂家族!"问鼎天下的久堂家"绝非浪得虚名,拜谒帝王的机会也如此之多。

可正是久堂家上代当主久堂正清效力时期,帝王暗中使薄刃家族衰败下来,令许多人为此受苦受难。想到这里,美世的心情一下子沉重起来。

可能比自己想得更多吧,美世偷眼看看新,见他脸上虽然挂满笑容,感觉却带着深深的寒意。

叶月也像是觉察到了美世和薄刃新的微妙反应,赶紧收起

笑意。

"对不起!你俩不爱听陛下的事吧!瞧我糊涂的!"

"别这么说……"

这并不是叶月的错。往往正是无意之中说出的无心之言,有时会触痛别人不愿被触及的地方。

美世摇摇头。

"没事的,我们现在住的是皇宫,无法对每件事都那么在意。"

薄刃新也点头表示同意。

"美世说得对。而且,每次都这样停滞下来的话,永远不会有所进展。很明显,甘水的行动跟薄刃家的过去有关,而祸根就是今上帝!我们不可能永远一脸茫然地逃避现实!"

"话虽如此,还是我考虑不周,请多包涵。"

见叶月垂头丧气的样子,美世很是心痛。

不过,虽然想到薄刃家和甘水心情就沉重下来,但美世对叶月、清霞、正清——这些久堂家的人过去的经历还是颇感兴趣的。

"姐姐,别往心里去。请再讲讲以前那些事,我愿意听。"

"……真的?"

"真的。"

美世有意弯起嘴角微微一笑,叶月吁了口气放下心来。

"谢谢,那下次告诉你点平时不怎么讲的。"

"平时不怎么讲的?"

"对,清霞小时候杂七杂八那些事儿!"

的确,这肯定是平时不怎么讲的。肯定非常、非常有意思。

未婚夫的事儿,什么都想知道。这是人之常情,并非特别现象。

以后也要一直支持老爷,要做个能支持他的妻子,这就足够了。别的都不需要。想到这里,美世不再胡思乱想。

她不再理会那份像要顶起盖子溢出来的无名情感,又将它尘封起来。

分给美世的房间是个稍微宽敞点的客厅。

房间的隔扇上画着挺拔的青松,想必是有名的隔扇绘画师画的。拆掉隔扇这里甚至可以用作宴会厅。如此漂亮的房间,难以想象会被用来住宿。

听带自己来房间的宫人的口气,因为考虑到良家小姐住惯了宽敞房间,所以推想至少需要这么大吧,其实对美世来说,这只会令她不安。

"好大啊!"

"是啊,真是太大啦!"

美世完全同意跟过来帮忙收拾行李的百合江的说法。

这得是在娘家住的房间的几倍大啊……

即便拉上隔扇也很宽敞,感觉就连提前放在房间一角的行李都可以忽略了。

"那就失礼啦,让百合江我用这一间吧?"

最后决定,被隔扇分开的两个房间,由美世和百合江各用一间。

其实已经分给百合江别的房间了,不过反正住得近照顾起来也方便,还不会造成空间浪费,在诸多方面,美世和百合江的利益都一致。

"好的,那就请多关照!"

"哪儿的话,倒是要您多多关照呢!一整天都能照顾美世小姐,百合江我可要乐坏啦!"

本想说自己用不着一整天都有人照顾,不过看着开心地要哼起歌来的百合江,美世又把话咽了回去。

房间里已预先准备了被褥、梳妆台、衣架、收纳物品用的藤制箱子等。

美世婉言谢绝了宫人过来帮忙的提议,将不多的行李从提包里取出,全都收拾停当时已过中午。

"小美世,行李收拾得怎样啦?"

屋外传来叶月的声音。

莫非她一直在等自己?美世慌忙应声并拉开朝向走廊的隔扇。

"啊,收拾好啦!"

"有什么不方便的地方?"

美世摇摇头。

当然没什么不方便的。除了房间太大,真可谓万分周到,随处都能感受到尧人及宫人们无微不至的关照。

"没有。非常好的地方……"

"是啊,百合江怎样?能住得惯?"

听到问话,不知什么时候已站在美世斜后方的百合江笑着点点头。

"是,没问题!"

"是嘛,太好啦!那就去吃午饭吧!我房间里准备好吃的了。"

"我也可以去吃吗?"

突然听到薄刃新的声音,美世吃了一惊。他身为贴身护卫,好像一直在房间旁的墙边警戒。

"阿新表哥,行李收拾好了……?"

听美世问,薄刃新微微一笑。

"放心!因为工作关系,早就习惯了寄住在家以外的地方,花不了多长时间。"

"说起来,薄刃家的公开身份是贸易公司吧!"

薄刃新冲问话的叶月点点头。

"唔,话虽如此,公司那边由没继承异能的父亲主导,我光帮忙谈判。"

最近,在异能者圈子里,薄刃的名头开始响亮起来,而世间更为人所知的则是从事贸易业务的鹤木的名字。现在,薄刃的

名头再怎么深入人心,恐怕将家族名号区别使用这一做法也要保留下去吧。这也实属无奈。

叶月的房间跟美世的房间中间隔了几个房间,在走廊拐角那边。

大小跟美世的房间差不多。也是用隔扇分成两间,一边放行李,另一边日常使用。

现在,在即便分成两间也依然很宽敞的客厅里,已经摆好四人的饭菜。

"瞧瞧宫城里的午饭都有什么吃的……"

看着大姑姐心情激动迫不及待的模样,美世感觉很奇怪。

"姐姐也是头一次在宫城吃饭?"

"不是头一次,出席过晚宴。菜品数量多得你都想象不到,非常豪华。不过,午饭确实是头一次!"

听她说完,美世真切地感受到自己现在的体验是多么宝贵。想想也是,自己不是宫人,要在宫城住些日子可实属难得。

忽然就担心起来,清霞的午饭怎么吃的啊?

老爷有正经吃上饭吗……

工作一忙起来,他可能根本不把少吃一两顿饭当回事儿。

不能在身边照顾,说什么也没用,下次有机会见面的话,一定得问个清楚。

众人各自就座,寒暄一声"不客气啦"之后,都揭开了餐盘上餐具的盖子。

午饭的内容比美世想象的要普通得多。

刚出锅的米饭,配上用酱油调过味的热乎乎的清汤。主菜是新出炉的干烧白身鱼,副菜有用当季蔬菜拌的凉菜和看起来入味十足的煮根菜。

不过,从餐具到饭菜摆盘的观感,无不实实在在地表达出对美感的有意追求,确实能看得出其与普通饭桌的品位之别。

先喝一小口冒着热气的清汤。

"好味道……"

莫非出汁①方式不一样?细腻的高档鲣鱼香气自口内溢出鼻腔。

干烧白身鱼、凉拌菜、煮根菜等所有菜品的味道都既不太咸又不太淡,恰到好处,这让吃饭的人都感觉自己的身份也高贵起来了。

"不光晚餐好吃,连午饭也做得如此美味,到底是皇宫啊!"

叶月一边陶醉其中一边赞不绝口,百合江也频频点头。

薄刃新并未表现出什么特别的反应,只是默默地吃着。

说起来,他好像对吃的不怎么感兴趣。美世在薄刃家住的那段时间也是,没见他对饭菜在意过。

"阿新表哥,饭菜不对口味吗?"

听美世发问,薄刃新瞬间睁大了眼,旋即又微笑着摇摇头。

---

① 出汁:用海带、鲣鱼等提取汤汁。

"没有,很好吃。"

"可是……"

美世语焉不详地犹豫着要不要直接说看不出他觉得好吃的样子。不过,薄刃新似乎看透了她的想法。

"不好意思,没觉得不好吃,职业病而已。"

"职业病?"

"因为工作关系,我满世界飞来飞去。到了目的国,招待我的饭菜当然都是好吃的,但有时候也会不合口味。那种时候决不能让当地人觉得自己失了礼数,所以总是留意着不管合不合口味都保持固定的反应,长此以往就形成了习惯。"

原来如此,这理由可以接受。

美世自己没离开过帝国半步,西餐也只吃过经调味后符合帝国民众口味的东西,因此没什么实际感受。不过作为常识,她也知道,每片土地都有它独特的气候和风俗习惯,每片土地都有适合在那片土地上生活的人味觉的饮食习惯,但这习惯不一定适合其他地区人的口味。

在贸易公司工作的薄刃新身为谈判专员,应该在种种地方都受到过接待,其劳苦由此可见一斑。

午饭告一段落后,叶月说道:

"来,说说接下来的安排。"

美世和百合江闻言坐正身子,薄刃新也将目光缓缓投向叶月。

"住在宫城这段时间,希望尽可能跟平时一样。不过,在这里是客人身份,家务什么的倒是不用做了……话说回来,宫城有宫城的规矩,每天的日程都严格按时间规定来执行,太过随便的话很可能会给宫城制造麻烦。"

无论是刚来清霞家时,还是到访公婆居住的久堂家别墅时,抑或是住在对异特务小队时都是如此。

美世那些时候都帮忙做过家务,但唯独这次不可以。

千万千万,一定要注意千万不要做些多余的事情!

其实有点活儿干心里更踏实,但如果会制造麻烦,可就不能叫作干活了,必须慎重!

相比之下,在皇宫生活期间,还有更重要的事要做。

"小美世,跟着我或者薄刃君学习,好好的哦!"

"是。"

"还有百合江,不太好因为我们来劳烦宫人,打扫房间什么的可以交给你吗?"

"可以,理当如此,请放心吧!"

百合江"砰砰"拍着胸脯自信满满地说。感觉她毫无紧张感的样子甚至有些不合时宜,美世差点儿忍不住笑了出来。

"另外薄刃君,你接到什么指令了?"

叶月问薄刃新,后者微微点点头答道:

"原则上,我在美世身边护卫的同时还要教她学习,不过,作为薄刃的——甘水家本家一脉的人,军方有可能会要求我提出

建议或提供支援。"

"哦,既要保护小美世,也有可能因为别的事情离开这里啊!"

见叶月脸上略有为难之色,薄刃新接着说道:

"当然不会长时间离开,而且我不在的时候肯定会安排别人严密保护。来的也绝不会是陌生人,应该是熟悉的人吧!"

听他说是熟悉的人,美世脑中浮现出约定继续保持朋友关系的阵之内薰子。

她作为对异特务小队的一员还在帝都工作。

本来,薰子是从旧都派过来接替住院的五道的,五道康复返岗后她仍被留在帝都。

虽说有些事是不得已而为之,但她毕竟曾有过背叛行为,相比放逐,将其留在耳目众多的帝都似乎是有意为之。

薰子小姐,一切都还好吧……

考虑到她的所作所为,很难让她回来做美世的护卫。而且,现在她基本上是做巡街等外勤工作,不能进入宫城地界,当然也就进不了宫。

可就这样再也不能见面又感觉心里空落落的。

即便如此,自己也不能由着性子非说想见她,实属无奈。

"就是这样安排的,美世大可放心!"

"好的。"

想想此时此刻仍在殚精竭虑地忙这忙那的清霞他们,美世实在放心不下，不过还是点了点头。

许许多多的人正在竭尽全力守护着自己的安全，自己没理由唱反调。

对异特务小队布阵的地点选在负责管理宫城的宫内省及内大臣府等设施密集的区域，以及位于尧人宫殿正对面稍开阔点的庭院这两个地方。

前者——前卫阵营相比尧人宫殿更靠近门口，比较容易出入。而后者——后卫阵营因为就在保护对象的近旁，进入时要受到相当严厉的审查。

清霞在尧人宫里商议完后先去看了后卫阵营。

"情况怎样？"

部下们见上司到来后马上立正鞠躬，道声"您辛苦了！"，清霞从他们中间穿过，边问话边走进阵营中枢位置的帐篷。

"啊，队长！您辛苦啦！……布置基本完成，当前没有问题！"

回话的是后卫阵营负责人五道。

队里人手严重不足。皇宫内布下双阵，维持结界的人员不可或缺，驻地必须留人值守，还有日常业务也不可能取消。

如果没有异能心教袭击，除五道外，便会让部署在阵营里的

高手们休个假,当然必须时刻防备袭击发生。

清霞对此暗暗发愁。

"辛苦!别忘了轮流休息!"

"遵令!"

难得正经回答一次,五道马上又开始似笑非笑地现出一副令人厌烦的表情。清霞恨恨地瞪着他。

"怎么?"

"没怎么,没事儿!只是难得工作的时候美世姑娘也在附近,队长不能亲自护卫很是遗憾吧!"

"……………"

既然说不出口,何不做出个体恤上司的表情呢?这么说,自己真想当美世的护卫了?

确实,事实是确实想。

将护卫任务委托给他人,实在放心不下。

倒也并非不信任他人。可怎么想都觉得自己接下这个任务才踏实,而没能做到这一点实在令人着急。

"不过队长!"

"怎么?"

"每天还是至少去见一次美世姑娘吧,毕竟是未婚夫嘛!"

这家伙竟操起这份闲心。他要是不在吧,因为不在工作量增加是个麻烦,而在眼前吧,现在又因为在眼前令人心烦。

清霞真受够了五道的插科打诨,他狠狠地瞪着后者想把这口气撒出来。

"不用你小子说,我也有那打算!"

"啊?!"

他这故作惊讶状更让清霞恼火。既然有闲工夫捉弄人,那派他去执行别的任务吧!

可能感受到清霞的不悦,五道耸耸肩收起了他那不正经的笑脸。

"……对不起!有点忘乎所以!"

"知道就好!"

"不过,队长也成熟起来了啊!搁以前,绝对会说'什么玩意儿!凭什么我要去干那档子事儿?!'之类的吧!"

在帐篷里待命的几名队员被五道的学舌逗得忍不住扑哧一声笑出来。

"……嗯。"

过后再收拾他们几个。

的确,如果对方不是美世,自己的反应肯定也差不多。他对他人感情的微妙之处毫无兴趣。

五道说得没错,尽管自己非常不愿承认这一点。

也许应该再多点兴趣才对。

已经隐约感到她开始对自己有感情了。虽然很害羞,却也接受了自己的吻,有时候还会两颊绯红地抬眼含情脉脉地望着自己像是要说什么。

可她坚决不把最关键的那句话说出口。清霞还揣摩不透她的心。

事到如今,应该没有负疚感了吧!

虽然有甘水那件事从中作梗,但清霞对未婚妻的异能如何并不在意,而且也始终向她表达出了这个意思,美世也该明白的!

那究竟是什么让她一直不松口呢?

还是因为甘水吧……

如今看来,所有这一切的元凶都是那个异能心教祖师。当然也不否认有点迁怒于他的意思。

如果美世的烦恼真是基于"在大家因甘水事件忙得不可开交的时候,不该将内心情感表露出来"这种想法的话,那就可以把气尽情地撒在甘水身上了。

"队长?在琢磨什么很下流的事吗?"

五道这个极端失礼的问题让清霞回过神来。

还有时间。而且打算好至少每天去看美世一次,每天每天慢慢地一点点地追问——不好,这或许会让美世认为他是个黏黏糊糊厚颜无耻的人。

心思又偏离正题了,清霞干咳一声,转移了话题。

"胡说八道!少废话!没什么要报告的?!"

"报告?啊,有!"

五道一愣神,马上像想起什么似的一拍手。

"好像增速很快啊,异能心教和'看得见的异形'。"

"快报上来!"

五道说的"看得见的异形",是指异能心教在宣传活动中声称没有见鬼能力的人也看得见的异形那件事。

或者也有可能是用异能心教开发的技术使普通异形在更多人眼中成像,为图方便,就用了这种叫法。

"在街市上巡逻的队员光是今天就已经处理了两起,拘捕了一批,另一批好像逃脱了。才上午就这种态势,今天全天可能得将近十起。"

"造成的伤害呢?"

"什么伤害都没有,也没人受伤,这些家伙不胡闹。"

五道耸耸肩,好像有点烦。

异能心教不做抵抗恐怕是为给民众留个好印象。表现出顺从的姿态,反倒会使拘捕他们的队员成为敌意对象。

这样一来,可能又会有暗含恶意的报道被杜撰出来。标题会是"军方强行拘捕毫无抵抗能力的民间人士"吗?

可能是政府内部人员,故意放松报道管控的到底是谁呢?

据说已追查到特定犯人的大海渡那边还没消息过来。如果对方握有实权,可能永远都等不来锁定犯人的那一天。

自己也无能为力啊——

因为异能者凭借武力可使天平出现压倒性倾斜,所以作为文官很难进行活动。就连清霞也一样,没有能对政府加以影响

的切实的门路。

这类问题除托付给大海渡,别无他法。

"啊,还有!这种'看得见的异形'果然不是省油的灯啊!据分析班说,异能似乎对这种异形很难起作用!"

"……这倒没想到啊!法术也没用?"

"好像是。咒术、魔术、退魔法、被魔术、阴阳术——各种手段都试过了,报告说并没给异形造成什么大不了的损伤。"

法术和异能有着明显的不同。

异能依存于个人先天资质,而法术不仅仅限于异能者,有见鬼之才的人,也就是说,如果有人拥有能够感知不寻常事物之"力",那通过学习和锻炼也能使用法术。

制作纸符并将其放飞,以及设置禁区这些都属于法术的一种,虽然使用者因为才能上的差异,有的擅长有的不擅长,法术威力也有高有低,但对有见鬼之才的人和异能者来说,这都是需要最先学习的最基本的东西。

对异特务小队中,虽然不会用异能,但精通各类法术的法术专业队员也大有人在。既然他们也参加了分析班的验证,那异能和法术都难见效也就毫无疑问了。

"当前初步有效的好像只有结界术[①]。"

"结界……?"

[①] 结界术:用于设置禁区的法术。结界:设置禁区。

可是,新年那天还有其他案例中,异能心教却用异能重创甚至击杀了"看得见的异形"。

——异能心教的异能有效,而清霞他们的异能却难以奏效。

清霞揉了揉眉心。

比人造异能者更难对付啊!

如果交战时异能心教将对异能和法术免疫的"看得见的异形"作为战力投入战场,就算能用结界术进行防御,可我方的攻击手段却完全为零啊!

这么一来,清霞他们将遭到单方面碾压,异能者以往的信用也极有可能一落千丈。

必须加快推进研究,至少破解造成这一不同的机密,否则,我方很难摆脱这不利局面。

异能心教举目之下,已是难觅对手了。

"不管怎样,传令下去,加紧调查分析!另外,如果发现可能的对抗手段,要马上验证!"

"遵令,这就传下去!"

又联系过几项业务后,清霞离开后卫帐篷。接下来要去前卫看看。

眼下,在对异特务小队里做了任务分派,很具体地分成几个班组。

比如,在宫城内,前卫、后卫各有值守班组,另外还有巡视帝

都取缔平定团的班组和留守驻地处理一般事务的班组。

为应对这种局面,联络方式采用放飞纸符的形式,尤其皇宫内的各班组更需要频繁确认有无异常。

在受甘水威胁的状态下,不能放过任何微小的异常情况及任何一丝变化。

前卫设置在门口附近,距尧人宫殿和后卫有相当一段距离。

跟美世一起时坐过马车,但不可能每次行动都靠马车优雅地移动。

清霞身为异能者,拥有很强的身体驱动能力,他转眼间就跑到了前卫。

"您辛苦了……队长。"

在前卫帐篷前,迎接清霞的是阵之内薰子。

以前挂在她脸上的天真烂漫的笑容已悄然不见,只有些许影子还隐藏在表情之中。

"……阵之内,辛苦。"

薰子有背叛军方的前科,所以这次她被排除在守卫皇宫的任务之外。

那她为什么在这里?

她申请会面,说有个消息要亲口告诉清霞。

"那……去那边说吧!"

清霞指的是屋外的一个小长椅,在皇宫当差的人应该经常使用。

帐篷里当然也有能坐着说话的地方,但清霞不可能让薰子进去。

"坐!"

"……是,失礼了。"

清霞让薰子一个人坐在长椅上,自己则站在一旁。这一切都是出于对叛徒的戒备,身为军人不得已而为之的举措。

美世会不高兴吧!

对第一次交到的朋友,她似有过于投入之嫌。也不是不能理解她的心情,但唯独这件事不可迁就。

早就想到自己会被这样对待的薰子抬头看看清霞干笑了一下说:

"不好意思,在您百忙之中突然说有事要讲,谢谢您抽时间……"

"没问题。已经对大海渡少将说过了吧?"

"大体说了。不过因为我的推测能力有限,告知阁下的只是事实确切的部分。"

薰子说的事情确实与异能心教有关。她至今仍然活着,就是因为还被期待能提供这方面的情报。

"先说说家父——"

本来这就是她倒向异能心教的诱因。她父亲在旧都经营道场,被异能心教劫为人质后,她因此做出错误判断。

"一开始,我并不相信甘水直的话。家父虽然不是异能者,

但作为一名剑士还是有些本事的,没想到会被如此轻易地劫为人质。"

"但一直没联系上吧?"

"是的,确实如此。"

薰子最早接到甘水的口信后,为确认父亲是否安全及甘水所言真伪,马上请求电话总机帮忙联系,但最终也没接到回话。

"打电话联系不上,电报也发过,手写信也寄过,但,都……"

"不过,令尊在旧都是以军方外部合作人的身份活动吧?当时联系不上也是有可能的。"

薰子父亲经营道场的同时,能够与旧都的对异特务小队——对异特务第二小队保持数十年的合作关系,就是因为他身为剑士的那身功夫被后者相中。他有时会被要求协助执行任务,一旦接受,确有可能长期无法联系。

但薰子摇摇头否定了清霞的说法。

"不对。家父长时间离家的话,应该在我来帝都前说一声的,而且我也问过对异特务第二小队了。"

结果,对方的回答是"我方没有任何合作要求"。

"也跟家里的四邻八舍联系过,结果是——自打我离家后,就没再看到他。"

既没外出执行任务,又接连数日不在家中,而且也没给女儿留下口信。

本来父亲就可能被劫为人质，在那种场合下配合异能心教也是迫不得已，而且在当时的紧张状态下，薰子的应对已经算是十分冷静了吧！

"……我信了异能心教。既然可能关乎家父生死，也只能相信。尽管这些话听起来可能像是借口。"

"呃，确实如此。不可能不急着确认真伪，那是很自然的决定。"

站在薰子的角度看，只得那么做。如果父亲真是人质，而自己又跟什么人商量的话，那他就会被置于险境之中。

看来甘水能使人产生错觉，似乎不仅仅靠异能之力。

甘水能用异能操控的不只是五感，人的心理或状态都会受其摆布，手段确实非常卑鄙。

"那所谓人质是甘水的幌子吧！"

薰子似乎很难为情地将目光投向脚下。

"是。家父平安无事。……听说是接受军方的请求，去执行任务了。"

很难想象对异特务第二小队给的是虚假的回答。单从薰子本来就隶属于那支部队来说，队友说谎的话她应该马上就能听出来。

也就是说，薰子父亲执行的是其他部门委派给他的任务，而非来自对异特务第二小队。

"送到家父手上的命令是真的，任务也确实非常紧急，那项

任务交给家父也不反常——"

说到这里,欲哭无泪的薰子突然停下,她皱起眉抬头看着清霞。

"呃,这算怎么回事?异能心教怎会恰巧知道军方给家父下了命令?为什么会这样……"

她的声音越来越低,说到最后,薰子又低下了头。

她自己也能想象得出这个问题的答案吧!但她不愿相信。

清霞十分理解这种心情。

"异能心教已经渗透到国家中枢了。"

清霞尽可能沉着地用平静的语气将部下所持疑惑明确地做了解答。

清霞说这话时并没有低头观察坐在长椅上的薰子的表情,他耳中只听到一句极其微弱的喃喃自语:"怎么会这样……"

"如果不是这样,很多疑点无法解释。政府和军方高层中的某一方,或者两方面都跟异能心教有勾连,有人在暗中帮忙。"

"那我方可有胜算?"

"胜败姑且不论,投靠异能心教的人有多大规模现在还是个未知数。情况确实相当凶险。"

如果是政府中枢内的在籍人员,像对薰子父亲做的那样,在有利于异能心教的时机送交货真价实的指令书可谓易如反掌。这样情报便可任其操控。

更何况,这只是个开始,对异能心教更明目张胆的支持甚至都有可能发生。

敌方正在稳步提高作战水平,越来越不好对付了。

即便甘水的目的是颠覆国家,也极有可能成为现实。

"我的行为太荒唐……"

薰子紧握着的拳头在膝上微微颤抖着。

是她将甘水引入对异特务小队执勤所,在清霞被牵制期间,帝王落入异能心教手中。

这的确是不可饶恕的背叛,但这样的结局是难以避免的。

误认为亲人被劫为人质,被迫协助异能心教的,可能是队员中的任何人。只是因为刚来帝都的薰子更容易受骗,便成了目标。

问题在于接下来会发生什么。

对政府的影响力及今上帝的权威,当前这些都已齐备,只要异能心教愿意,他们随时可以轻而易举地发动政变。

他们最先要达到的目的恐怕是——

通过异能和异形煽动起民众对政府及军方所作所为的不信任感,以此来改写势力版图。

而且这些正在稳步实现。

比如,假定受异能心教活动的影响,新增加了大约一百名异能心教信徒,这点人数或许并不值得大加防范。

可一旦将他们都打造成人造异能者会怎样呢?

那意味着将诞生一百名新的异能者。

　　如果任由这种本就可能成为兵器的危险力量——异能以如此之快的速度增加,那国内势力版图瞬间就会遭到改写。

　　"姑且明白了。你不要再接近异能心教,对方主动来接触的话,要马上报告!"

　　"当然!决不会再背叛!"

　　其实本来就在不为其本人所知的情况下暗中监视了薰子,若异能心教再试图联系,马上会有人报告给大海渡。

　　事情说完了。清霞正要催薰子返回岗位,后者却在他开口前略带迟疑地"呃"了一声。

　　"怎么?"

　　看得出薰子似乎拿不定主意。是说?还是不说?她目光游移,双手一会儿张开一会儿握起,忐忑不安。

　　清霞可没闲工夫陪她慢慢悠悠地犹豫不决。

　　"没事的话——"

　　"有事!其实,我另有件私事想问一下。"

　　薰子像是下定了决心似的抬起头。

　　跟她聊天这种事,今后也应该减少。虽然她是来代替负伤的五道的,但现在已经被排除在对异特务小队的中枢之外。

　　这可能是接受她提问的最后机会了。

　　清霞点点头表示可以。

　　"……很久以前,在我被调到旧都之前,您跟我有过一门婚事对吧?"

"是啊！"

"可以问一下……队长拒绝婚事的理由吗？"

抱歉在这种时候问这些……薰子又小声加了一句。清霞此时才第一次低头看了看她。

几年前拒绝婚事时的桩桩件件浮上心头。

跟阵之内薰子的婚事照例也是由父亲正清不知从哪儿听到消息后提的亲。那时，自己是怎么想的呢？

不像美世误解的那样，感情恋爱这类的，其实一丁点儿都没有。

至于为什么嘛……

"为避免万一出现在工作中夹杂私情的事态。"

薰子性格不坏，但并不适合跟她发展成同僚以外的关系。

一旦结婚成立家庭，在一起生活的时间增加后不可能一点感情也不产生。

清霞不想将作为家人产生的感情带入工作和军队这种有时候需要比任何情况都冷静无私的职场中。

否则执行任务时会受到干扰。

"……说的是啊！您肯定会那样想。"

"当然并非你有什么问题。"

所以，没必要失去自信。清霞正要说下去的话被薰子大叫一声打断："那样的话！"

"那样的话，假如我不是军人呢？您会接受这门婚事吗？"

"啊,可能吧。"

清霞尽量淡淡地答道。

去年,与为填补五道的空缺而来的薰子再会时,就确信了她对自己的感情,其实感觉很久以前就揣摩到了。

那是因为清霞当时正在看着美世。

看美世时注意到同样也在看美世的薰子眼中带有嫉妒,由此推测她对自己抱有好感。

至于她对自己怀有的这份特殊情感,清霞并没感到不快。

不过,如果真如薰子所言,有个跟她结了婚的未来,那现在若是被问及,自己会像疼爱美世那样疼爱她吗?回答是否定的。

"不过,肯定不会是你希望的那种结果。"

"啊……"

"不知道那对于你或我是幸还是不幸。"

眼前的现实就是一切,提出再多的假设也毫无意义。只有一点是很清楚的,清霞现在没有丝毫后悔。

该回答的都回答了,清霞转身背对坐在长椅上的薰子。

"队长。"

没想到薰子叫自己的声音没有一丝动摇。

在略一迟疑后,清霞转过身来,见这位原候选未婚妻,现在还是自己部下的女子跟以前一样,脸上露出会心的笑容。

"谢谢您告诉我这些!"

"想通了就马上返岗,做你该做的事!"

"遵令!"

清霞这次真的头也不回地离开了。

第三章 夜

皇宫里，天皇御用的宫殿中有个叫"抚子间"的房间。

相对天皇居住的内宫——即所谓的后殿，人员出入频繁的前殿通过游廊与宫内省的厅舍连接起来，是座公用建筑。这里还配备了类似西式大厅的正殿，用于举行各种仪式。

抚子间是前殿的一个房间，主要在召开天皇亲临的国政会议时使用。

房间中央摆放着进口的长桌和椅子，照明用的是镶嵌着水晶球的枝形吊灯，风格以西式为主，而天花板、壁毯、窗帘、桌布等这类面料上织入的却是传统的日式图案，两者相得益彰，融合得非常完美。

能坐下十五个人以上的桌旁现已座无虚席，另外墙边整齐地摆放着的数十把椅子也几乎全被身穿西装的男士们挤满。

在桌旁就座的虽然并非全部，但都是各省的大臣，坐在椅子上的则是其他担任军政要职的官员们。

而背靠屏风的首席位置，设有铺着榻榻米的御座，比地板高出一层。眼下,代替天皇理政的皇太子尧人正坐在上面。

正在进行的是个非正式会议。

身处国家权力中心的官员们简单地交换意见,再向代理天皇的尧人提出疑问。为此,才搞了这个临时会议,自帝王从那个座位上失踪后,已经反复开过好几次了。

不过这次依然没有大的进展,会议已进行了一个小时。

古龙水和雪茄烟余香还在积淀,会上出现了很大的混乱。

"殿下,皇宫内进入外来人员,而且这种令您也身陷险境的行为——恕我冒昧,对这种恣意妄为的决定,能请您给个说得通的理由吗?"

从椅子上抬起屁股半站着说话的是国务大臣中的一员。

这次会议,皇族只有尧人参加。因此,被称为殿下的只有他一人,但针对这项质疑,没等尧人说什么,就有别的大臣出来反驳。

"殿下已经解释过多次了,稍微注意点措辞如何?"

"请不要挑刺!我在问殿下!"

"我是说用你这种无礼的说法问殿下很成问题!"

"所以说你那就是挑刺……"

"你们俩要是像小孩子斗嘴那样吵来吵去,请换个地方!"

两名相互指责的中年大臣被尧人的亲信内大臣——年轻的鹰仓冷静的发言镇住了,两人都瞪着他闭了嘴。

主要议题是如何应对天皇失踪及几乎由尧人的独断引来对

异特务小队在皇宫内布阵这两件事。

针对后一个议题,与会官员们分成三大派。

一派赞同尧人的决定,另一帮人反对,还有几位在静观上述对立的两派。就这三派。

对尧人的决定——具体来说,即对在皇宫内布阵加强防守的方案提出异议的派系首脑是海军大臣等人;相反,表示赞同的则是以鹰仓为首的认可尧人作为下任天皇的能力的几位。

本来,在科学意识日渐觉醒的当下,包括天皇的"天启"在内,异能、异形等这类非科学的东西遭到不少大臣及官僚的质疑。

这种不信任感的累积更加深了各派间的对立和混乱。

尤其是海军大臣,他是那些看重科学的人的代表。

尧人小心翼翼地俯视着室内。

领衔国务大臣的首相持有保持着一定距离感的中立立场,另外几人好像也在仿效他的做法。

"鹰仓内府,想请您尽可能不要发言,内府的职务是在陛下身边处理事务,没资格对政治说三道四吧!"

靠在椅子背上,摸着嘴上边的胡子,摆出一副像是很得意的面孔给鹰仓提意见的是文部相[①]。

对这明显蔑视内大臣职责的说法,鹰仓皱起眉头。

---

① 文部相:文化、教育、科技部门的长官。

"……本人没有义务回应您的个人见解,脱离会议主旨的问题请另找机会再提出可以吗?"

文部相斜眼看看努力保持语调平和的鹰仓,嘴边浮起一丝笑意。

"小小年纪就当上内大臣,得到殿下的信任,趾高气扬也是理所当然的啊!"

"……"

"没看错吧,包括本次殿下的决定,这是将宫城当成私人物品了啊!宫城乃为陛下所建之物,就算殿下身为皇太子,也不应为所欲为啊!"

跟文部大臣一样,对尧人的命令持否定态度的海军大臣和宫内大臣也对此意见表示赞同。

"敝人虽为宫内大臣,可在这件事上,连个事前商量都没有哎!'当成私人物品'这种说法,简直再贴切不过了!"

宫内大臣将愤恨的目光投向鹰仓。

尧人观察着现场气氛轻轻吁了口气,心想自己是不是做过头了。

瞅准新年这个行政运转比较迟钝的时机,强制推行了将自己与斋森美世同时置于皇宫内加以守卫的方案。

结果方案本身固然得以实行,但反对意见也十分强烈。

如果时间允许,尧人也想认认真真地一步步做好事前准备工作,而事实是根本做不到那么四平八稳慢条斯理。

跟鹰仓不同,宫内大臣是父亲的心腹。因此,他再怎么算是可以指挥皇宫的人,也无法对其产生信任,当然更不可能跟他商量。

即便如实跟他说了,也未必能得到支持吧!

更何况,此前代替卧病在床的天皇执掌政务的尧人在权威方面还远远不如父亲。正因如此,他擅自在宫内做这些安排,才会引起强烈反感。

那该如何是好?

让年轻又树敌众多的鹰仓三番五次地成为众矢之的也真是可怜。

正在思来想去,大藏大臣[①]举手道:

"二位说得都不错,但殿下的方案对财政支出最为友好。反对的话,希望能提出个预算负担更小的替代性方案。"

大藏相用手指向上推推眼镜,像是很不高兴地交叉起双臂。空气一下子沉重起来,室内陷入沉默之中。

一提出钱的问题,反驳进行不下去了。

这是一小时内,反复多次出现的场面。

"另外,有关情报管制出现疏漏一事,没个说法吗?"

对外务大臣[②]提出的这个问题,在桌子一角,一个快缩成一

---

① 大藏大臣:财政部门的长官。
② 外务大臣:外交部门的长官。

团的瘦削的中年男子肩膀颤抖起来。

他是通信大臣,负责邮政、通信等业务,是通信省的长官。

大臣用白手绢擦着额头上的冷汗,毫无把握地勉强起身应答道:

"有、有关情报管制……正致力于对相关事实的调查与应对……"

"还在这个阶段?干得不太漂亮啊!"

"实、实在没脸见人……"

"不要你道歉!"

被断然拒绝的通信相耷拉着肩膀垂头丧气地坐下来。

单纯想来,最容易将情报管制朝有利于异能心教方向操控的就是通信大臣。

不过,在尧人眼中,无论如何都看不出他会有如此大胆的背叛行为。

处置得不漂亮也只是他能力不足而已。

那投靠异能心教的叛徒是谁呢?

在这些人中间吗?还是在别的地方?

此时此刻,似乎无法做出正确判断。

"众臣之意吾已知晓。"

尧人一开口,众大臣的目光一齐投向他。

"疏于详细说明,未得同意便推进此方案,吾深表歉意。"

对微微低下头的下任帝王,在场众人无不面现狼狈。

当然的嘛!虽说尚未即位成为帝王,然而在帝王不在的当下,身为皇太子的尧人肯定就是在场所有人的主君,他是神的子孙,也就等同于神的化身。

这样一种存在向只是辅弼政治的人低头道歉,本来就是不该有的事。也就因为这里并非公开场合,这种不合常规的行为才勉强被允许。

就算打破惯例,也要得到大家的理解。尧人的这一决心,显然就是他受到强烈刺激的结果。

尧人常瞧不起父皇,说他是平庸之辈,但此刻自己可能也正在迅速滑向一条不理智的昏君道路。

对民众太谦恭,会有损权威。

但这里是个分岔路口,即便有损权威,也一定要坚持下去。

"吾凭天启已见未来可能发生之事,若不采取措施,吾即刻会遭弒而亡。"

"不会吧……"

简直难以置信,在场所有人都面现疑惑之色。

尧人说的是真的。

当前已经能看到几个断断续续尚不确定的未来的片段。

最坏的情况,是尧人丧命,斋森美世落入异能心教之手。再往后,就是帝国瞬间遭到颠覆的未来。

或者,尧人得到守护、美世被劫的情况,以及反过来美世得到保护、尧人被杀的情况。

前者会使美世的异能被迫屈从于异能心教,从而使帝国落入异能心教之手,结果也是尧人殒命。

后者则是尧人被杀,天皇取回实权并成为异能心教的傀儡。这样会导致帝国政权完全归异能心教所有,只剩清霞及配合他行动的对异特务小队保护着美世孤军奋战,最后被逼得走投无路而溃败。

虽然也会有其他不同形式的几种可能,但最终导致的未来并无太大差异。

自己和美世,两方面都必须加以保护。尽管如此,如果两人处于不同地点,而将防守集中于某一方的话,那另一方的守备力量都会减弱。

具体来说,就在于久堂清霞。身为子力最强的棋子,他不在的地方就会成为被狙击的薄弱环节。

恐怕这边战力中最让甘水直忌惮的就是清霞。别的都不值一提,而攻击清霞守护的地方则需慎之又慎。

有甘水那种水平的异能,就连清霞被抢了先机也不足为奇,但另一方面,正是有清霞这样的存在,即便对方是甘水,也至少有一战之力。

这样,就有必要将尧人自己与美世都置于清霞力之所及的范围内了。

本方派清霞在皇宫守卫,只要像蜗牛那样缩进壳里,异能心教就不会直接对这里下手。

当然这都还停留在推测阶段,只是有可能——尧人感叹着自己的可怜无助又加了这么一句。

总之,甘水不直接对此出手,应该就会暴露出某些弱点。相应的,尧人所期望的伤害性相对较小的未来的可能性就会高一些。

尧人"啪"地一拍扇子,环顾室内一周。

"加强宫城守卫!现状之下,唯此事决不可变。一定要将守卫力量集中一处,否则会被各个击破!"

"可为个类似新兴宗教的东西就打破多项惯例……"

宫内大臣很不情愿。

没办法,维持宫内平稳也在他的职责之内。可以理解,但尧人决不让步。

之后会议又持续了一段时间,尧人做了些必要的解释,但丝毫没有改变自己的想法。

美世洗完澡后听说要集合,便在睡衣上套了件足够御寒的外褂来到叶月房间。

"我是美世。"

"请进。"

拉开隔扇,被叶月召集过来的人都已经到齐了。

首先是房间主人叶月,然后是百合江。另外,当然最让她吃惊的是房间最里面,竟然坐着尧人。

"失、失礼了……"

尧人为什么会在叶月屋里呢?唉,别想这些了。美世还不知道该如何应对这异常事态呢。

"夜色甚好。"

尧人微微弯起嘴角,说了这么一句。

"啊,是啊。嗯,呃……晚上好。"

跟尧人这样交谈,还是为清霞倒下事件听取事情原委那次以后的头一回。

虽说是第二次见面,感觉还是很不习惯。

"晚上好。"

尧人极其自然的回礼,更令美世慌乱。

唉,该怎么办啊!

突然,又想起自己还穿着睡衣,身为淑女却做出这种无礼举动,美世羞得面红耳赤。

"小美世,没关系,别僵着,坐这儿!"

叶月轻轻拍拍放在自己近旁的坐垫。

"可我……"

"你看,谁也没在乎失礼不失礼的,快来!"

被叶月不容分说的气势压倒,美世微微低着头静静地进屋在坐垫上坐下。

叶月确认过摆在房间里的坐垫上都坐满人后,干咳一声,开口说道:

"要说今天请大家聚在这里也没别的,难得能这样在一个屋檐下生活嘛,目的就是让女士们快快活活地聊个够!取个名字,叫'女子会'!"

这很有叶月的风格,是个轻松快乐的活动。美世有点明白了,但还是提出了自己暗觉失礼的问题:

"是女子……吗?"

很明显有位不同于女子的人物混迹其中嘛!虽然那人的面孔端正秀丽得几乎分不清男女,不过,肯定不适合被称为女子。

叶月没回答美世的提问,而是将目光转向那位。百合江"呵呵"地笑着,一直看着美世。

这时,尧人说:

"无须顾忌,畅所欲言即可!吾愿自视为女子,做一名好听众。若定要说什么,随便点,叫声'贵子'亦可。"

他装模作样地说了一通。

为什么号称女子会,却又叫了尧人来?而且为什么定下要尧人参加?自视为女子是什么意思?"贵子"究竟是何人?

美世的疑问越来越多,已经搞不清该问谁、该怎么问了,无奈之下只好闭嘴。

"既然这样,贵子殿下啊,您自己都说了,就这么随便叫了哦。另外,还有一位与会者。"

美世一歪脑袋。

没有多余的坐垫了,而且跟自己关系亲密又能来这里的女性已经全数入席。

叶月把本来放置在房间里的梳妆台慢慢搬了过来。

"这个,这样!"

"啪"的一声,叶月把一个标牌状的东西贴在镜子反面。

很快,镜子就开始模糊不清了。擦得锃亮的镜子越来越白越来越朦胧,不一会儿,自下而上,又很自然地恢复了原来的亮度。

可是,直到刚才还真真切切地映照出屋内人和物的镜子,此时映出的竟然是完全不同的景致,在其中心,出现了一张美世很熟悉的面孔。

"咦?薰子小姐……"

薰子并不在屋里,而变模糊的镜子上却清晰地映出她的面容。不过,可能是自己的心理作用,感觉她的脸颊红红的,双眼湿湿的。

而且镜子边缘映入的是……

"追加与会者,阵之内小姐!哎?已经开喝啦?"

满面笑容地介绍着薰子的叶月,忽地注意到一个异常情况,不禁睁圆眼睛。

"我是阵之内,对,已经开喝啦!"

能看到镜子里有酒壶和酒盅,而且虽然说话还挺清晰流畅,但直起身子朝这边敬礼的薰子像是已经醉得很厉害了。

不会耽误执行军队交给她的任务吗？……不过想来应该请了假的。

如果是这样,那她现在是在军营宿舍自己房间附近？

"真是！这边还没斟酒呢！"

叶月撅起嘴。朝她背后定睛细瞧,包括酒在内,饮品、下酒小菜、点心等都准备好了。

看样是准备寒暄过后再亮出来啊！

"算啦算啦。——阵之内小姐因为不能来这里嘛,就放纸符出去约她,回话说想参加。所以就特别施法术进来啦。其实设置禁区的时候是不建议通信的,多亏贵子殿下讲情,总算要来了许可。"

叶月和百合江都满不在乎的样子,美世则心神不安地不断偷眼看向尧人那边。

映在镜中的薰子,身上穿着军装领口微微敞开,总是扎得整整齐齐的头发也解开了。而且,可能因为醉了,她似乎并未注意到尧人的存在,连声招呼都没打。

美世很担心尧人会不会对不太雅观的薰子生气,虽然穿着睡衣的她貌似没有这个底气。

不过,看来是杞人忧天……

尧人没特别责怪薰子,眼下他甚至面带微笑,让叶月给他斟酒呢！

看来将这理解为不分宾主、不讲礼节的场合,只管尽情畅饮就没问题。

"来,小美世也拿起这个!"

叶月递过来个玻璃杯,里面已盛满果汁样子的饮品。

"姐、姐姐,要是陪酒,我可……"

"没事儿!我才是主持人嘛!噢,对了!小美世禁酒啊!"

被禁止饮酒并不觉得有什么,就是奇怪为什么只有自己不能喝。而意识到这个问题的叶月脸上突然严肃起来。

"清霞提醒过,绝对、绝对不能让小美世喝酒。"

"老爷提醒过……?"

"理由大概是不想让别人看到他未婚妻喝醉酒的模样吧!真是的,这还是我弟弟嘛,好烦啊!另外顺便说一句,我倒是也告诉清霞要开'女子会'了,不过贵子殿下要来的事儿可没说!"

叶月像是吃惊地一耸肩后旋即抿嘴一笑。对此,尧人也微微挑起嘴角点点头。

"若清霞知此情况,定会火冒三丈!万未想到,其订婚之后竟成如此度量狭小之人!"

百合江也"嗯嗯"地点头附和着尧人的话,不知为什么薰子大叫一声"说得对!"并将手里的酒盅猛地蹾在桌上。

清霞为什么会火冒三丈?美世没敢问。

"也罢,然而此前知会过清霞,欲与汝聊上一聊,其想必不会有意见。"

尧人饶有兴趣地看向美世这边,他的话让美世想起来。

的确,清霞说过,如果尧人有什么指示,必须服从。

没想到的是,竟然出现这样不可思议的状况。

美世突然有种要面对重大场合的感觉,内心惶惑不安。

"吾但求一晓汝之品性,不必如此紧张。"

"是,是。"

尧人的语气虽然严肃,但话里却透露出让人放松的感觉。难以接近的气场似乎在一点点减少。

美世姑且点点头,虽然并没有自信不会紧张。

之后,叶月让百合江端起酒盅斟上酒,自己也端起酒盅斟满。

"那,'女子会'现在开始!"

随着叶月的这一声招呼,大家一齐举杯。

美世舔舐一般含在嘴里一口果汁,味道跟以前和尧人说话时喝的东西稍微有点相似。

聚会中,最健谈的果然是叶月,其次是薰子,再是尧人、百合江、美世。

顺便说一句,美世并非不说话,只是没掌握融入这么多人的聊天所需要的说话技巧而已。

"到底是女生聚会嘛,绕不开恋爱话题吧!"

抛出这个话题的叶月面颊微红兴奋异常。她应该酒量不错,因此应该不是酒后胡言。

"恋爱啊！恋爱！"

听到叶月的话，薰子大叫一声，突然趴在桌上哭起来。

"怎么啦？阵之内小姐？出什么事儿了？"

见叶月有意深究，美世不禁慌了神。

其实就在不久前，美世和薰子还算情敌关系。要是涉及薰子恋爱的话题，不难想象，肯定会牵涉到清霞。

在这种场合下随随便便地触及那个话题，谁心里都不会舒服，现场气氛肯定会恶化。

叶月应该也了解事情的大体经过吧，为什么要故意做这可能引起风波的探究呢？真难以理解。

"姐、姐姐，这事儿……"

美世这般自己开口提醒其实也不是没有顾忌，实属无奈之举。正要鼓足勇气开口相劝，叶月马上露出一副极为认真的表情看着美世说：

"没事没事，就是听听。……阵之内小姐自己也想说说嘛！"

倒也是，但话题指向的可不是叶月啊！怀着无法释然的心情，美世只好收回自己的主张。

与此同时，薰子一边狠狠地抽着鼻子，一边发起牢骚。

"其实，打一开始我就明白，队长只是把我当作同僚对待罢了……呜呜。事到如今，连我自己都不去想会跟队长怎样怎样了……"

"嗯，确实挺够受的。"

想必这是薰子醉酒后的真心话,不知为什么,尧人竟然也连声附和。

她那句"事到如今已不去想会跟清霞怎样怎样",令在一旁听着的美世心里波澜起伏。

薰子的嫉妒肯定源自对往昔暗恋之人的余情未了。

人的内心竟会如此长久地被恋情或爱情牵绊,一想到这些,美世心中就难以平静。

"美世小姐?"

听到身旁有声音在叫自己,不看也知道,出声的是百合江。

"您怎么啦?"

百合江细致入微的关爱,慢慢平复了美世内心不断蔓延开来的不安情绪。

"没什么……"

美世并不想被什么人看到自己的恐惧、不安和迷惘。

其实也可以跟人生经验丰富的百合江或叶月请教。她虽然明白这一点,但却不知道该商量些什么。

本来这属于美世内心与清霞关系的问题,他们虽为家庭成员,但毕竟是第三方,实在不好意思把她们也卷进这种事情,让她们费心。

面对将感情憋回心里的美世,百合江平静地笑笑,说道:

"美世小姐,您可真会体谅人啊!"

"嗯?不是那样的。"

并非什么会体谅人,只是胆小害怕,不敢主动踏出一步而已。她非常清楚自身的缺点。

百合江却连连摇头表示否定。

"不对。美世小姐一直都很会体谅人的。从当初来那个家的时候开始,一直都是。总为别人着想,我百合江都知道。"

是那样子吗?

她感觉自己只会考虑自己的事,总在做利己的事,害怕自己受到伤害。

……太可怜了。

即使现在,也只不过是因为害怕受到伤害,一味将结论往后拖延而已。因为自己既怕伤害到别人,又怕受到伤害。

所以,也只想让对清霞的这份感情停留在温情暧昧的状态。

相反,直接主动全力以赴的薰子多么直率潇洒啊!

什么都不做的自己,还大言不惭自称情敌,别说根本无法跟她决一胜负,甚至可能连同台竞技都做不到,却在这自命不凡。

美世抚摸着手中已变得温热的酒杯。

"我……"

"我百合江知道美世小姐有很多优点。可像您这样隐藏自己的心事,是优点也可能是缺点啊!"

听到百合江语气平和却透着严厉的这番话,美世抬起头。

"美世小姐做自己喜欢的事就好,百合江我会永远站在美世小姐一边,会尽最大可能支持您。"

"做自己喜欢的事……"

"是啊,不是说要您把一切都不加保留地吐露出来,只是请您把百合江我还有叶月小姐当作一个依靠存在心里就好。"

心中的这份迷惘也可以吐露出来吗?可以依靠她们吗?美世在犹豫,这是什么时候啊,可以将私情放在优先位置吗?

正在苦思冥想,耳中传来薰子的叫声。

"算啦!我已经是为工作而生啦!恋爱什么的都不谈啦!"

逐渐口齿不清的薰子连吵带嚷,一下子趴在桌上,之后旋即呼呼地睡了过去。

"阵之内小姐?喂!……哎,这家伙睡着啦?"

叶月在镜子前对她又是呼喊又是摆手,可薰子完全没有醒来的意思。"女子会"开始后还没多大工夫,便像一场暴风雨,转瞬即逝。

叶月愣愣磕磕地笑笑,又给尧人斟满酒。

"真要命!不打招呼就先开喝,又这么快就睡了!真是胡闹啊这阵之内小姐。"

"怕是心里太累吧!"

将酒盅贴在红红的唇上,尧人的嘴角也放松下来。

"呃,现在这种情况……喝酒不要紧吗?"

众人都安静下来时,美世提出这个疑问。

一直放心不下。当前应该处于防备异能心教和甘水直发动袭击的戒备状态,尽管美世她们并非军属,不受此限,可一旦陷入紧急事态,如果因为醉酒无法应对,那岂不会危及性命?

对这个问题,尧人的回答是"不要紧"。

"总得歇口气!且甘水不会此时打过来。"

"……那,什么时候打过来?您能看到吗……?"

美世不禁反问言之凿凿地确信"不会这时候"的尧人。

既然知道甘水不会这时候打过来,那为什么还要大费周章地驻扎在这里呢?

不知不觉间,美世将怀疑的目光投向尧人。

尧人毫不介意地接受了美世的质疑。

"不知道准确时间,不过今晚也没下雪吧?"

"雪?"

大晦日纷飞的雪花倒是薄薄地积了一层,但几天内就几乎融化殆尽。美世她们住进来后没再有坏天气,因此眼下哪儿都没有白雪残留。

可天气与甘水和异能心教的袭击之间又有着怎样的关系呢?

美世和百合江一头雾水,叶月则静静地听着。

"以吾目之所见,乃大雪没足之景。"

"大雪……"

美世稍稍慢了几拍总算明白了。

大雪——尧人没再说更多,恐怕他看到的未来里有越下越厚的积雪和众人都会畏惧的某种严重事态。可能二者同时存在。

美世的思绪很自然地转向隔扇的外面。

今天日间,天上云量并不太多,天气也没有变坏的迹象。现在应该没下雪。

尧人殿下,至少在下大雪前,应该什么也不会发生?

不过,那可能是明天,也可能是后天。

下雪后再戒备就太迟了,所以才要这样加强防守。现在终于明白了。

"考虑不周就贸然质疑,请您原谅。"

美世为自己判断力的低下羞愧不已,赶紧道歉。

尧人闻言又应了一句"不要紧"。

"吾难以尽窥所有未来,即便看到,亦难全盘告知。无能为力至此,请诸君见谅。"

"绝不会那样!"

据说美世的梦见之力也能看到未来。但此前从来没看到过,也不曾觉得自己真能做得到。

因此,已在真实地预知未来引导众人的尧人不可能无能为力。

见美世说得如此认真坚决,尧人第一次露出笑脸。

"汝可当真?有汝此言,吾可重树信心。"

"哎呀,小美世一来,怎么连皇太子殿下都没自信啦?"

叶月开了个玩笑,尧人像是微微摇了摇头。

"非也。从何说起……此恐乃人之常情,或受父皇所陷危机之影响罢。"

天皇就惧怕见梦之力,因为他认为过去和未来都能看得到的能力比天启更高一层。所以他才毁掉了薄刃澄美,理由是后者已预见到会生下拥有见梦之力的女儿。

尧人也感受到他那位父亲的心思和考量了吗?

"那种可能吾不愿考虑。"

"不考虑也无所谓!我也很喜欢以前表情丰富一点的您啊!"

叶月诚恳的话语里,包含着对往昔的无限怀念与感慨。

"何以处之啊!"

拥有力量,也是件很伤脑筋的事。

只要拥有力量,任何人就都不会对此听之任之,如果无法自卫,就可能不受自己意愿控制地被恶意利用。

美世拥有见梦之力,却不能依靠自己来保护自己,只好把自己托付给清霞。

尧人是通过扼杀自己内心来保护自己和所有一切吧。显然他做得很好,美世自己根本没法跟他相比。

美世为自己的无力感到可耻、无奈和失落。

"那,小美世,听过阵之内小姐的话了,这回该你说说了。"

像是要摆脱掉这紧张沉重的氛围似的,叶月又兴奋地转向美世。

见矛头突然对准自己,美世慌了。

"要、要我说吗?"

"对啊!阵之内小姐已经醉得不成样子了,接下来下酒就靠你啦!"

堂而皇之地用人的恋爱经历来下酒,美世对这位大姑姐真是无可奈何。

虽然让大家期待落空于心不安,但自己真没什么可说的……当下就要拒绝。

"来,说说跟我那笨蛋弟弟发展到哪一步了?"

美世被叶月抢了先。

而且问的还是发展到哪一步了。

"哪、哪一步,发展什么的,没什么……"

听到叶月的话,美世不由想起与清霞相关的点点滴滴,心里乱作一团。

"拉手了吧?抱也抱过了吧!那下一步嘛——"

"没、没,那个……"

不能让她再多说了,美世脑袋里响起警钟。

可美世根本不可能封住叶月的嘴。

美世未来的大姑姐,脸上现出猥琐、俊俏、愉快加起来再除以三的表情,嘿嘿地笑着。

"亲嘴了?"

"嘭"的一声,感觉像是幻听到火药的爆炸,美世脸上几乎要冒出火来了。

"哎呀……这可真没想到！那个不懂风情的木头人！"

美世被叶月尽情地调侃一通，双手捂着脸低下头，甚至都不敢看她了。

此时此刻，清霞也一定在不断打喷嚏吧！

"原来如此，还真是人不可貌相！"

不知为什么，尧人也嗯嗯啊啊地直点头。百合江则"是啊是啊"地用手遮住嘴巴，手的下面肯定满是笑意吧。

"嘿嘿，未经世故真是好啊，小美世，我们也都有过那样的时候哦！"

"是啊！"

"有过的哟。"

三位年长之人都装出一副无所不知的面孔。

美世这时候才忽地意识到。

说起来，尧人是有妻子的。的确，夫人由绪是公卿家庭的千金小姐，记得两人的婚姻是由国家与皇族钦定的婚事。

叶月和百合江就不用说了。

美世意识到这种状况无可改变，便只好老老实实地接受了自身的命运。

四个人有一搭无一搭地聊着，吃吃喝喝间夜已经深了。

每天的日程安排得很细，公务繁忙的尧人起身离席，睡过一觉后有点醒酒的薰子也睡眼惺忪地终止了法术。

　一下子安静下来的屋里只剩下美世、叶月、百合江三人。

　这样一来便有了跟平常一样的感觉,只是因为环境不同,气氛上似乎跟往日略有不同。

　"小美世……可以问问吗?"

　收拾着扔得到处都是的酒盅、酒壶和碗碟,叶月轻声问美世。

　"姐姐请说。"

　"对清霞,你是怎么想的?"

　美世拿着盘子的手一下子僵住了。

　果然是这样,这是最先涌上心头的反应。很显然,叶月也好百合江也罢,都非常敏感地觉察到美世心中确实有什么发生了变化。

　说不定,叶月安排这场聚会,并非只为自我陶醉,而是因为看穿了美世的烦恼吧!

　肯定是为让美世更方便把话说出来,而做的如此贴心的安排。

　可是……

　对这问题的回答,无论如何都说不出口。

　自己很清楚。

　搁以前,如果被问到"怎么想的",自然这样回答——温柔体贴,愿意一直在一起,非常非常喜欢这位未婚夫等等。

　但现在,美世预感到只要将喜欢两字说出口,就会成为包含了另一层意义的声音。

因此,美世试图逃避开去。

"对我来说,老爷非常重要。只要允许,一辈子都不想离开他……就是这样想的。"

"小美世!"

美世都不敢正视叶月那极为严肃的眼神,因为那双眼睛似乎在说,想听的不是这些。

太愧疚了。

因为很清楚这都是在敷衍。对自己的心情也好,对叶月问题的意图也罢。

"不愿回答的话,不回答也好。不会强求。可究竟是什么让你固执到这般地步呢?没什么可犹豫的吧?不管你有怎样的想法,我想清霞都会接受的。"

"这……"

——太可怕。

因为这份感情,或许会有什么发生改变。美世会得到幸福,另一方面,也有可能会令什么人不幸。

就算被认定为胆小,也不愿轻易挑明一切。

照现在这样平安无事地过下去,终有一天会跟清霞结为夫妻,两人会在一起。除此以外,不再奢望别的什么。即便如此,还有必要表明心意吗?

美世连呼吸都在颤抖。

鼻腔内一阵刺痛,心里一团乱麻,不知如何是好。

"我……不喜欢有大的改变……"

一旦爱上一个人,似乎就只能看到那个人了。比如像继母那样执着于父亲。

而亲人之爱则能面向许多人。

实际上,美世对叶月和百合江,对薄刃外公和薄刃新——对身边的亲人们都爱得不得了,那是一种对家人的温馨恬淡的亲情。

而爱情则截然不同。

那是一种强烈的欲望,如熊熊烈火,甚至会将全部感情吞噬进去。

不想变成斋森娘家那帮人那样,但哪里都没有这样的保证能确保自己不会变成那样。

一旦说出口……就希望对方能看到自己,希望对方只关注自己。这一切也许会愈发没有尽头。

想象一下便不寒而栗。

"小美世……"

"要是能跟老爷一起一直这样静静地生活下去,对我来说就很幸福了。不需要只属于两人的那种心意相通的感情。"

美世的声音和视线都松弛下来,开始游移不定,温热的泪滴夺眶而出滚落面颊。

美世被叶月温暖的臂膀轻轻抱住,脸埋在她胸前哭了起来。

"对不起,不是有意让你难过……是啊,太可怕啦!"

头上感受到叶月轻柔的抚摸,泪水再次涌出。

在短短的一瞬间,美世回顾了自己的一生,那份感情越发难以说出口了。

自己对薰子怀有的嫉妒以及她对自己的嫉妒,更令美世醒悟过来。

这让美世想起自己在娘家时的过往,就算祈求"不想变成那样",可感觉自己仍会做出同样的事情来。

自命不凡地对情敌说这说那,其实美世自己就因嫉妒失去了理智,又如何能说不伤害什么人呢?

保持亲人之爱,谁也不会受到伤害。就算有时会感到孤单,也不会生出要独占谁的想法。

所以,亲爱、敬爱——保持住这种家人之爱最为美好。

想在意识到此时此刻内心充满的想法之前,回到没有这种迷惘和烦恼的时光。

可真笨啊!如果不理解的话,又能说出些什么呢?

美世鼻头发酸,她赶紧低头掩饰,不让自己发出呜咽之声。

说实在的,自己甚至没有哭的资格。想站在清霞身边的女人太多了。

"对不起……突然哭起来了。"

美世强忍着抽泣,向叶月道了歉。

叶月这个问题很合理,美世没对此做出明确的回答,温柔体

贴的叶月自然极为担心。

可对不能正面回答这个问题的美世加以斥责也毫无意义。

见美世道歉,叶月摇摇头。

"没事的。我才该道歉呢!是我太爱纠结个人感情啦!好像太着急了。——再让我说一句。"

"姐姐请说。"

美世能觉出叶月稍稍低下来的声音是认真的,她抬起迷蒙的泪眼盯着叶月。

"是不是要说出心里话取决于你。不过,我觉得因为说出来而后悔和因为不说而后悔这两种情况,后者更令人遗憾。"

"……"

"我就是因为没说出来而后悔的人。已经错过时机,再说什么都没用了。其实当时只是意气用事而已。"

看着叶月那凄凉的表情,美世心里难受极了。

"害怕伤害到别人是吧。……那么,这样想想如何,你觉得只要你像现在这样维持现状,就不会伤害到什么人吧?"

是或不是都无法回答。无法将感情说出口,正是这种情况。

将沉默视为肯定的叶月接着说道:

"如果说你的心只属于你自己,的确可能是那样。可我知道有个人会因为你不愿说出真实的想法而受伤的。"

"嗯?"

根本不可能!美世下意识睁开的眼中,映入的是叶月的笑脸。

"最爱你的人——你的未婚夫不会受到伤害吗？"

"啊……"

未婚夫清霞的笑脸在脑中闪过。

因为不说出自己的想法,清霞会受到伤害——如果是刚认识的时候,绝不可能相信。

而如今,想到的都是他始终给予自己特殊关照时的样子。

或许可以相信,于他而言美言世是个特殊的存在；而对美世来说,几乎已经毫无疑问,他一直就是那样。

如果是这样,那清霞在期盼什么？清霞会因为美世不敢开心扉而受到伤害吗？

不得而知。不过……

回过神来时,发现泪水已经止住。

"请……稍给我点时间考虑考虑。"

美世铆足劲儿憋出的这句回答,让叶月放下心来,她俊俏的脸上笑开了花。

"是啊,当然啦！多想想,找到一条能让自己幸福的路！我和百合江都会支持你的！"

对吧！叶月回头问百合江,后者也微笑着点头称是。

自己是多么幸运啊！

虽说有烦恼、有迷惘,虽然身无长技,却有这么多人愿意支持自己。光这一点就幸福得不得了。美世细细品味着胸中生出

的温暖。

清澈的冬日天空由橙色变成了紫色,黄昏时分飘荡着的冷气仿佛要将地面冻住。

美世她们住进皇宫后的第五天即将结束。

在已经完全暗下来的寒冷的天空下,在尧人宫殿的玄关门口,美世目送着又要回去工作的未婚夫的背影。

清霞每天都会想方设法抽时间来看看美世。来的时间几乎都不一样,今天碰巧能一起吃上顿稍微早一点的晚饭。

看到他如此精神百倍的样子,美世姑且放下心,但也并非一点儿不安都没有。

"老爷,您身体没什么吧?"

"啊,没问题。没必要反反复复问好多次的……"

对这已经重复回答好多次的问题,清霞脸上浮起一丝苦笑。

"可是真的好担心啊!"

为保护美世和尧人,清霞他们已成为众矢之的,据说帝国域内对政府和军方不信任的声音依然高涨。

从早到晚,无论是戒备异能心教或是遭受世间非难,肉体上、精神上都相当紧张吧!

说不必担心是不可能的。

美世将抱在怀里的围巾轻轻搭在清霞脖子上。

清霞有点吃惊,他用手摸摸缠在颈上的围巾,眼神柔和起来,充满温情地微微一笑。

"异能者的身体比普通人强壮,这点儿辛苦算不得什么。"

"异能者再强壮,该受伤时还是会受伤的。"

就算是异能者,也不会没有感情,也不可能是不死之身。

他们长期处于紧张状态,经常受人非难而精神疲惫,如果在执行任务过程中受伤,便很有可能因此连性命都丢掉。

不起眼的一点儿身心疲惫都可能成为搞垮身体的诱因。

"我……不想再看到老爷倒下的样子。"

"……我倒下过吗?"

见清霞目光瞟向斜上方装起糊涂,美世猛一皱眉。

"有过,您忘了吗?"

"开玩笑。"

清霞对生起气来的美世笑笑,返回了对异特务小队的阵营。

他倒下时的样子在美世脑中清晰地浮现出来。那时还是夏天,看到为保护部下而昏迷不醒的清霞,美世怕得几乎要哭出来,这一切她永远都不会忘记。

那是一种将失去心爱之人的恐惧。让早早没了亲娘的美世头一次真切地感受到这一点。

在娘家生活时,阿花的离去引发的失落,让美世感觉心都要被撕裂了。而心爱之人可能会在自己眼前死去的那种恐惧,绝

不是这些可以比拟的。

不,现在更……

清霞的背影转眼间就不见了,美世愣愣地盯着他消失的地方陷入沉思。

怀着这样一份渐渐成长起来的感情,如果陷入可能失去他的事态之中,自己会怎么样啊?难以想象。

但美世预感到,肯定不会是好的结果。

美世自己就是两个相爱的人被强行拆散后产生的痛苦与悲伤的结果,是个受到伤害的人。

"美世,不快点进屋,要冻坏啦!"

"阿新表哥……"

薄刃新从玄关口探头出来,向美世招呼道。

回过身来的自己,是一副怎样的表情呢?跟自己目光相汇的薄刃新竟然微微屏住了呼吸。

薄刃新轻轻叹了口气,旋即露出平和的笑容来到美世身边。

"用不着那么担心,久堂少校不是没事嘛!"

"老爷也这么说。"

"对吧!能敌得住少校的人,还没来到这个世上呢!"

"可对那个甘水直……这种想法就行不通吧?"

薄刃及另立门户的甘水的异能都对异能者有效,清霞再怎么强大也不例外。

而且,甘水直的异能在此类异能者中最为强大。如果跟甘水狭路相逢,就算清霞也未必能平安脱险。

经过一段时间的学习后,有关薄刃的异能,美世现在已经很清楚了。

薄刃新目光平静地低头看看美世。他眼眸里浮起的色彩与夜色混为一体,令人难以分辨。

"也许是那样,也许不是。"

"嗯?"

如此暧昧的回答,不太像薄刃新的风格。

"知道吗?听说异能有时候会随意念的强弱而变化。"

"意念的强弱?"

"这种说法在此前的讲义中没出现过。而且,意念的强弱这种说法本身不就感觉很笼统吗?"

薄刃新稍稍耷拉下眉梢,耸耸肩。

"总之,据说似乎有这种事。不过,至少我并没有真正感觉到异能强度被想法左右过。"

看来这应该不是能明确被观测到的现象。

不过转念一想,美世也因一心想救清霞,第一次成功施展了异能。

"可你不认为这是有可能的吗?"

否则,就不可能有那种说法。

"……怎么说呢?感觉既希望有又不希望有。如果有的话——"

说到一半,薄刃新顿了一下,"呼"地吁了口气。

"感觉如果有的话,会出现完全不同的结果。"

美世抬头看看薄刃新,不明所以。不过说完之后,薄刃新就再没开口说什么了。

两人站在玄关前聊天的过程中,眼看东边落下夜的帷幕,深蓝色的天空中微弱的星光开始闪烁。

庭院在略微泛红的橙色夕阳照耀下还亮堂堂的。另一边,连接玄关前到皇宫内其他宫殿或厅舍各条大道的小路上,因两侧常绿树林立,已完全陷入黑暗,黑得似乎能将人吞噬进去。

两人陷入沉默的当口,忽地听到有引擎声传来。

从被黑暗包覆着的小路那边,有明晃晃的人工灯光闪闪烁烁摇摇晃晃地渐渐朝这边靠近过来。

"咦……那辆汽车……"

开着两个前灯的汽车行驶在砾石路上,慢慢地穿过小路越来越近。

光线太暗,看不清车里坐着什么人。

汽车经过美世和薄刃新身前时明显降低了速度。还以为是清霞那辆,但形状稍有不同。那是别的熟人吗?想了想,并没想到是谁。

"可能是哪位大臣的公车吧?"

"大臣……"

"今天应该确实在前殿开了会,尧人殿下也亲临会场了。"

这么一说就奇怪了。作为公用场地的前殿和作为帝王私人居所的后殿,距尧人宫殿都有段距离,但都不可能经过与出口方向相反的这一带。

美世他们开始防备这辆可疑的汽车时,车停了。车上下来两个穿西装的男子向这边走来。

其中一个是满脸胡子的中年人,看起来相当富有——他肥胖的身体上穿着做工精致的西装三件套。另一男子三十来岁,不胖不瘦,脸上没有明显特征,一身衣装也很是不错,但明显不如前一位。

"实在不好意思,哎呀,这宫城也太大了,大得都迷路了。"

满脸堆笑地开口说话的是年轻一些的男子。

薄刃新旋即将美世护在身后,迎视着两个男子。

"失礼了!看起来您二位是文部大臣阁下及秘书官先生。来尧人殿下的私邸究竟有何贵干?"

"所以说迷路了,来打听道嘛!"

年轻一些的男子——文部相秘书大言不惭地说。

迷路这种说辞,连美世都知道完全是彻头彻尾的谎言。从年底到现在,多次为开会来皇宫的大臣及其秘书不可能到现在了还迷路。

莫非……

虽然心里想着不该露出胆怯的样子,可一想到有可能遭到袭击,美世指尖便失去血色,双手也冷冰冰的了。

清霞已回到对异特务小队阵营。

不过,因为从帝王宫殿到这里来必然会经过阵营附近,所以清霞他们注意到此事,应该用不了多长时间。

"迷路?不可能吧?"

"就拐错了一个弯嘛!这种错,不是谁都有可能犯嘛!"

面对薄刃新带着刺儿的质疑,秘书官若无其事地答道。

不但对这样的秘书丝毫不加以警告,文部相还在左一眼右一眼地打量过美世和薄刃新后嗤之以鼻。

"……哼!我还以为殿下说的特意跑来保护的异能者是多了不起的人物,原来就是个毛孩子和个一脸寒酸相的小丫头啊!"

美世和薄刃新现在都不是遭受到这种程度的侮辱就怒火冲天的脾气了。

但摸着嘴上边的胡子大肆评论的大臣实在盛气凌人,让人很不舒服。

"您没必要特意把这毛孩子和小丫头放在眼里吧!在这里绕一下回到来时的路上,您直接就可以回家啦!"

薄刃新这表面殷勤实则无礼的说话方式,令大臣和秘书官似乎很不愉快地皱起眉。

"你好像不知道如何对年长之人说话啊,真是无药可救!"

"既然您这么说了,想必阁下也知道,不巧的是现在正处于戒严状态。阁下也同样被视为警戒对象,没有例外!"

薄刃新仍压住怒火,声音冷静地严加拒绝,但这对大臣显然是一种冒犯。

"对我们这种没有超能力的人戒备到这种程度,看来异能者也没什么大不了嘛!吹嘘什么异能,实际上用不出所谓的超常能力吧?所以才只会像兔崽子那样怕得要死吗?"

很明显,这是在挑衅。

担当一国大臣之职的人物,会被允许有这种言行吗?

美世此前见过的身边的每一位——清霞、尧人、薄刃家一众都是献身于自己的职责与担当的品德高洁之人。

跟他们相比,完全想象不出眼前这家伙是个身担重任的大臣。

感觉内心的恐惧与愤慨之中,竟掺进了一丝震惊与失望。

"……请回吧!"

薄刃新甚至觉得没必要再纠缠下去了,便直截了当地答道。

"阁下,这些家伙其实没什么异能吧!所以才这么急着想赶我们走啊!肯定有什么见不得人的勾当!"

"哈哈!确实啊!——要是以为自己是异能者就理当受到器重,那就证明一下!能吗?"

谁也没想过什么理当受到器重。

尧人和美世受到保护是因为要防备来自异能心教的袭击,异能者受到器重并非理所当然。

参与国家政务的人堂而皇之地说出这种话,已经不是单纯

的不懂道理了。

美世不知该如何应对,不知所措地抬头看着薄刃新。

"就算遭到这种挑衅,我也不会出手。毫无意义,而且往往只会对我方造成不利。"

即便是薄刃新也不可能对他们的这种腔调一点儿都不生气。

但再怎么生气,在尧人住处所在地施展异能引发混乱也属于糊涂透顶的举动。

虽然不清楚事情的来龙去脉,但毫无疑问,对方试图通过挑衅让自己施展异能的做法极其荒唐。

"不知天高地厚……"

还在骂骂咧咧的大臣像是一下子畏缩下来,这时隐约听到几辆汽车的引擎声和轮胎碾压砾石的声响,随后发觉有许多人正向这边赶来。

"初濑部文部相!您在干什么?!"

从骤然停住的车上下来的穿西装的男子神色大变,最先喊道。

美世下意识地放下心来,终于松了口气。

那人是鹰仓先生吧……

有关此人,在决定住进皇宫当天,曾被简单介绍过。后来听清霞说,鹰仓是皇宫有关人员中特别受尧人信任的官员,是自己人。

鹰仓身后,宫内大臣及宫内省的侍从们也都陆续赶来。

后面甚至还跟着对异特务小队的队员们——没看到清霞,最前面的是五道。

"干什么是什么意思啊,太无礼了吧!鹰仓内府!"

"这种时候无关礼仪!目前情况下就算您是大臣,也请不要在宫中擅自行动!"

"擅自?少对我指手画脚!"

文部相厉声叫道,接着又恶狠狠地瞪着美世他们。

"本来打一开始就擅自把这些骗子强行引入宫中的是你们吧!"

"当然都征求过大家的意见。"

"我可没同意!"

文部相大为光火,当场对鹰仓发起反击,然而出人意料的是过来阻止他的竟是其秘书官。

"算了,算了算了,阁下。再吵的话会出问题,请姑且忍过此时。"

秘书官像在安抚马匹似的制止住上司,就在一瞬间,美世感觉与他四目相对了。

嗯……?

美世肩头微微一震,感觉被他瞪了一眼难道是心理作用?

"美世,哪儿不对劲?"

"啊,没有。"

美世对不无担心地回过身来的新摇摇头。

因为刚发生过争执,秘书官肯定也很激动吧!而美世和薄刃新属于薄刃一脉的人,本来就比其他异能者更容易遭受责难。

更何况,文部大臣对异能者持否定态度,他的秘书官也是那种行径,可能很不喜欢异能者。如果是这样,被他瞪一眼也是无奈。

"十分抱歉,没想到因本人走错路引起这么大的混乱。"

刚才还极力在大臣面前煽风点火,而现在又像什么事都没发生过的秘书官厚着脸皮转向薄刃新,嘴里连声道歉。

"不需要这种敷衍了事的道歉,请尽快返回!"

"哎呀,您生气也是应该的,务必请您原谅!"

秘书官边说边嬉皮笑脸地靠近薄刃新,并在他肩头轻轻拍了一下。这怎么看都不是道歉的态度,可以想象,薄刃新一定皱起了眉头。

就在两人擦身而过时,秘书官的嘴唇微微动了动。

"——千万不要忘记您的职责!"

薄刃新刹那间瞪大眼睛轻轻咬住嘴唇。

微弱的声音还没传到薄刃新以外的任何人耳中就消失了,当然,美世也没听到他说了什么。

秘书官和大臣在众人似乎带有责备的目光中,坐上自己的公车准备离开。

"对不起,来晚了!美世姑娘,没受伤吗?"

五道满脸歉意地过来问美世。

"五道先生……没事儿。"

有薄刃新保护,没出现美世受伤之类的情况。听到美世的回答,五道说句"太好啦!"脸上露出放下心来的表情。

"偏巧队长直接去了前卫,现在应该刚接到通知,马上就会过来……十分抱歉!"

"不要紧,谢谢您。实在对不起,有劳大家了,应该道歉的是我才对。"

见美世躬身道歉,不知为什么薄刃新似乎很不高兴地冷笑道:"美世,不必道歉!肯定是他们失职了!大臣阁下他们多半是走错了路。可如果他们是甘水假扮的呢?那一切为时已晚!"

"哎呀……真是,您说得对啊……"

说话间,文部相和秘书官乘坐的汽车故意使引擎发出轰鸣声扬长而去。

接着,鹰仓也走过来。他那充满理智的面堂上突然现出疲惫之色。

"给您添麻烦了。"

"倒是没出什么事,请不要再有类似情况。……当然并非不体谅您的难处。"

薄刃新对鹰仓也相当严厉。

尽管不了解详情,但政府似乎也并非团结得坚如磐石。

据说有人对担当帝王代理的尧人很不信任,也有人对通过

天启这种不被一般人理解的能力来决定统治者的现状持怀疑态度。

跟这些势力缠斗的同时,尧人也一直在代帝王执掌政务,而这次因招美世她们入宫,对他的不满和不信任似乎呈现出井喷态势。

美世可以想象,文部相也是怀有那种不满的人之一吧!

"当然!以尧人殿下亲信的名义,努力防止再次发生。"

"拜托!"

最终,大臣们因何而来还是不得而知。

不知从此往后至少十天的时间里能否平安无事,这足以让人不安了。

"……那些人到底有什么事啊?"

美世大惑不解地自言自语道。

因为大臣及其秘书不可能迷路,所以肯定有什么别的事情。

"搞不清楚,可能来看看我们的情况吧。"

"特意来一趟?"

"政府那帮人,闲得很啊!"

薄刃新的语气里带着讽刺意味。

总感觉怪怪的。

虽然他的语气跟平常一样柔和,脸上也挂着招人喜欢的微笑,但从刚才开始,感觉他的言行似乎不再像薄刃新原有的样子,而是带上了一种难以言表的攻击性。

"阿新表哥。"

"怎么啦？美世。"

美世一叫他,果然跟平时一样,还是那位毫无恶意的表兄的态度。

不过,有种强烈的违和感。美世觉得也许应该确认一下。

"呃,没事儿……吗？"

问不出什么有用的问题。

该问什么呢？问什么问题薄刃新会如实回答？无法很快想出合适的问题,美世对自己这种不着边际的问法很气馁。

"不知道有关什么,总之没问题！"

"哦,啊,呃……不是那个意思。"

"不是？"

"有什么烦心事或有什么为难的事吗？"

见美世目光游移、结结巴巴,薄刃新不禁轻轻笑出了声。

"哈哈,不必担心！啊,确实有件事很为难！"

"有?!"

美世猛地抬头看着薄刃新,很期待他把为难的事叶露出来。

不过,这位最擅长掩饰各种关系的表兄,可不是能轻易说动的。

"因为你很容易卷入麻烦之中,最让我为难的就是对你片刻都不能离眼。"

并非想听这件事。尽管如此,他说的也完全正确,真拿他没

办法。

美世心里明白,不光是未婚夫清霞,表兄薄刃新平时也相当牵挂自己。

"——只是。"

头上传来薄刃新的低语。

"我不可能永远守护着你。"

有点凄凉虚幻的声音刺痛了美世的心。

仔细想想,当然是这样。虽说是亲戚,可终究不可能让不在一起生活的薄刃新一辈子都保护自己,也确实没那必要。

尽管是理所当然的事情,可为什么会对他这样一句话如此耿耿于怀?

"阿新表哥……?"

"不过就算我不在,如今的美世你也会平安无事。"

"会吗……?"

平安无事不太可能。真会平安无事的话,清霞就不必又是考虑这又是顾忌那地把薄刃新布置在自己身边了。

他的话里有种不容分说的压力,薄刃新也没低头看美世,继续说道:

"你的能力也很强大了,何况还有久堂少校在。"

"哪有,说不上强大。"

"很强大。所以,在不太远的未来,肯定再也不需要这样一起度日了。"

虽然就在身边,却感觉薄刃新的存在已相当遥远。

明明在和他说话,却感觉对现在的他已没有任何影响。想不出是什么原因。

"对不起,我让美世为难了。"

薄刃新又耷拉下眉梢满脸笑意,一副重新振作起来的样子。对美世来说,要揣摩他真正的心思,实在太难了。

"不会……只要我没让阿新表哥为难就好。"

"我还跟平常一样。只是的确感觉很焦躁。"

看不透薄刃新的本意。至于他在想什么,即便试着理解,感觉也会马上被高墙阻挡住。

美世脑袋里一片混乱。

不对,该说是被惊得无法正常思考了才对吧!

"……我的被褥是这样子的……?"

眼下,在美世和清霞面前,整整齐齐地铺开着一套大大的被褥,还有——不知为什么,还有两个枕头并排其上,散发出一种异样的存在感。

"呃,不清楚。平时当然不会用两个枕头,没搞错吗?"

旁边的清霞也是大惑不解的样子小声嘀咕道。

傍晚事件的几个时辰后。

事情发生后,清霞上气不接下气地跑回来,彻底确认过并无异常后,不管怎么告诉他没问题,他都听不进去。

再加上——

"小美世!没事儿吗?没人对你做什么坏事?我都听说啦,小美世身边出了一件不得了的大事,担心死啦……!"

叶月甚至都有点眼泪汪汪的,没事儿太好啦太好啦!大姑姐稍显夸张的反复念叨,又传染了百合江,引发了一场不小的混乱。

另外,挂记着美世的叶月和百合江,对清霞千叮咛万嘱咐,要求他在尧人宫里再待一段时间,并且下了死命令,就让他们两人踏踏实实地在一起。

清霞这段时间工作非常劳累,几乎跟野营一样。这么冷的天在帐篷里宿营,着实令他疲惫不堪。

反正以保护美世为借口,姑且放松一下,休息休息又何妨?这样说道理上当然也讲得通。

应该没有一点儿不正常的地方……吧!

快去歇歇!快!快!叶月和百合江催清霞催得很急,但这也基本上跟平常一样。

清霞和美世对她们两人的提议都张不开嘴拒绝,毕竟,历来都是被她俩逼着干什么,感觉没什么不自然的地方。

可怎么会这样?

美世洗完澡后,听从了未婚夫"送到房间"的提议,两人回到分配给美世的房间,发现里面被彻底收拾过,早就变成了前面说过的那个样子。

当然,房间里出现如此奇怪的现象,这是头一次。

不知什么时候起,阿新表哥也不见了……

身为贴身护卫的薄刃新,直到美世进入浴室前应该都跟在她身边,可现在也不见了踪影。还有,只隔着一道隔扇用着另一个房间的百合江现在也没了动静,感觉屋里不像有人的样子。

这是怎么啦?总觉得眼前这景致有种奇妙的既视感。

"上当了!"

"……果、果然。"

将此事归结为奇怪现象显然有些勉强。

不过,叶月和百合江很认真地对待美世的烦恼,给予美世充分的理解,很难想象她们会使出这种强硬手段。

而且,她们只是说了和清霞两人好好休息,丝毫没表示出要他俩一起睡的意思。

如此说来,制造出这种状况的是……

"我姐搞的鬼?……她搞不出来,怎么说她也是个不到三十岁的淑女。这种俗套她搞不出来。莫非是尧人殿下?"

清霞厌烦地摇摇头,大体上做出推断。

跟去久堂家别邸时几乎同样的情况……

只是跟那时还有所不同。

"哈,这是尧人殿下搞的鬼,能给我另外准备一个睡铺吗?"

这里并非久堂家的府院,而是别人的宅邸,可以说一切都在尧人的掌握之中。也就是说,即便请求分开房间,是否分开也完全取决于尧人的决定。

事态很严重,这就等同于夺走了美世和清霞打破现状的手段。

"真是!到底从哪儿搬来的这么大的被褥?"

"……"

"说照顾的话,听起来倒好……可这是一个堂堂正正的人,而且还是皇太子做的事吗?"

清霞好像也完全懵住了,他用手摁着脑门,话都变多了。

美世则当场动弹不得。

……和老爷一起睡?真、真的吗?

美世和清霞确实住在同一屋檐下,但还是未婚夫妻关系,并非夫妇。

所以,睡在同一个被窝里,是不是太早?对,绝对太早,而且还不正常。

"美世。"

"嗯,啊,在!"

美世心慌得都岔了音,回答也语无伦次。

"没办法,睡吧!"

说着,还穿着军装的清霞脱下上衣,拿起放在房间一角的睡衣。

他飞快地解开扎着的紫色发绳,漂亮的淡茶色长发散落到后背上。

"……美世,被人看着换衣服不好意思吧。"

被清霞略带犹豫地一提醒,一直愣愣地站在那里的美世猛地回过神来。

换衣服?对啊,清霞现在要换衣服了。也就是说还这样站在这里的话就会目睹他的肌肤——

"对、对不起!"

美世大叫着连声道歉,她慌忙跑到走廊上,"砰"的一声反手关上隔扇。

美世羞得脸上几乎喷出火来。尽管冬天的走廊上十分寒冷,而她却全身滚烫得甚至想脱掉外褂,汗都要冒出来了。

"我不介意被人看着。"

"我、我介意……!"

原来他不介意!那清霞是想让自己看着他换衣服吗?不会是变态暴露狂什么的吧!应该不是。

美世太慌乱了,以致思路总朝不正常的方向乱跑。

感觉衣服轻轻摩擦的声响也极为刺耳地传出来,连耳朵都不知该往哪里放了。

"换完啦!"

感觉时间只过了一瞬,又像已过了永远,隔扇从内侧被拉开。

"外面冷,快进来!不好意思像是要赶你出去。"

"是……"

房间里很亮。美世羞得耳朵都红了,她不想被清霞看到自己湿润的眼圈,低着头走回到屋里。

在冷冷的空气中,会不会从自己发烫的身上冒出热气啊,美世担心得甚至想夺门而出。

她战战兢兢地抬眼一看,旋即懊恼不已。

清霞穿睡衣的样子,应该每天都能看到,不算特别稀罕,不至于让自己慌乱成这个样子。

可一想到接下来即将共用一个睡铺,便感觉身穿薄睡衣的清霞光彩夺目了。

"美世,你用被褥。"

"嗯?"

脑袋里已完全沸腾起来的美世,没明白未婚夫的意思。

让自己用被褥。听起来像是清霞不用被褥一样。

"确实,躺在同一个被窝里睡觉,你肯定睡不踏实吧!"

"可、可是……老爷您呢?"

"我好说。就算不睡也没问题,有紧急情况的时候,坐着都能睡着。放心,我会守在你身边。"

清霞似乎打算让美世自己睡在被窝里,而他整晚通宵值班。

这种做法无论如何都不能答应!

"不、不可以!请老爷用被褥吧!难得有个能好好休息休息解除疲劳的机会嘛！"

"不可能！我能不管你，光自己舒舒服服地睡觉吗？"

"我觉得这样最好！"

反正自己明天一整天都会待在这里不出去。

而清霞却不一样。他时刻高度紧张以防备异能心教和甘水的袭击，一直在帐篷里过着跟野营一样的日子。肯定得不到充足的休息。

虽然其他队员，甚至五道似乎都已轮流着休息过一两天了，但清霞却没有那样的待遇。

至少，希望他利用这个机会好好歇歇。

"别开玩笑啦！"

清霞长长地叹了口气的同时，"砰"的一声轻轻拍了一下美世的脑袋。

当然一点儿都不疼，美世一惊，忘了害羞，抬头看着清霞。

"我不可能一个人裹着被子热热乎乎地睡过去嘛！乖，听话！"

"……不要！"

明知他们谁也不愿妥协，美世还是脱口而出。

虽已觉察到清霞慢慢生起气来，可就算那样，在这一点上也决不退让。

"老爷不用被褥，我不接受！"

听美世如此清晰明确斩钉截铁，清霞总算松了口。

"没办法。我在榻榻米上睡,你睡被窝,不能再让步了。"

清霞不等美世回答,迅速转过身去,从并排摆放着的枕头中拿起一个。见他要躺到榻榻米上,美世几乎是下意识地行动起来。

"干什么?"

像要追过去缠住他似的,美世揪住了清霞睡衣的袖子。

就像指尖的神经暴露出来一样,似乎只有那个部位有意识了。

刚刚凉下来的脸颊,又热起来。

"呃,就……一、一起……"

已到极限。再往下怎么都说不出口了。羞涩,让人脸红。

美世的手在颤抖,不知自己鼓足的勇气是否传递给了他。

已握得发白的手指松开了,是清霞轻轻松开了她紧紧地揪着衣袖的手指。

"好吧。虽说中了尧人殿下的计很不爽,但事已至此那就一起睡吧!"

尽管只是进个被窝,却也感觉非常别扭,两人并排躺下。

自己都干了什么啊……

感觉自己的心脏就在耳边鸣响,那么强烈,那么疼痛地跳动着。

连自己都不敢相信,怎么会那么大胆呢?

美世和清霞躺下时都面朝被子外侧。

相互感知着对方的后背,又没别的办法。

感觉心脏的剧烈跳动好像会通过被褥传到清霞那边,甚至会听到像是很沉重的呼吸声。

美世尽可能靠向被褥边缘,将身子缩成一团。

就这样大气不敢喘地熬到早上?

美世正胡思乱想时,清霞突然开口道:

"……睡不着吗?"

就算假装睡着,很快也会露馅。

美世尽可能留意着不让自己的声音发抖,悄声答道:"没、没有。"

"能睡着的。使劲儿睡!"

不然,清霞肯定会为担心美世能不能睡好而睡不好吧!

双眼紧闭。

美世拼命想让意识沉静下来,可心跳的声音始终那么响亮,也特别在意背后的动静,睡意一直没有来临。

这样一来,可真就只是闭着眼而已。

这时,又听到清霞叽叽咕咕的说话声。

"睡不着吧!"

"……是。"

听天由命吧,美世这次老老实实地答道。

是自己主动邀他一起睡的,真丢人。

只要钻进被窝,睡意自然会来,不会挂记着清霞,肯定能睡得着——美世想痛骂那个过于乐观的自己。

"美世。"

"呃,在……"

"稍微说会儿话吧,说到能睡着为止。"

清霞是在顾虑自己吗?明明自己是为让他好好休息才如此坚持,可看看自己这狼狈相,感觉自己太不中用,愈发无地自容了。

不过另一方面,只有他们俩在这样一个毫无杂音的地方说会儿话也挺开心。

"说什么?"

"……你想说什么?"

最近这几天,都没时间安安稳稳地说会儿话。

清霞很忙,虽然每天都来看看,但也只有一起吃顿饭的时间。

所以,感觉想说的话有很多。

可到了这关键时刻,竟然想不到要说什么。

"那么,在睡魔到访之前的这段时间,我们轮流提问,一次一个问题,然后回答,如何?"

"明白了。"

想问清霞什么?美世直直地盯着暗处的墙壁思忖着。

可相比眼下的提问,清霞这个唐突的提议更让美世想不通。

总觉得互相提问这类做法不太像他的做派,因为这让清霞看上去似乎很渴望了解自己。

美世还在闷声乱想,清霞那边已经开口提问了。

"那我先问。——来这里后,有什么为难或害怕的事吗?"

"没有。"

明知清霞看不到,美世还是在黑暗中轻轻摇了摇头。

"这里的人都很热情,几乎为我操碎了心,还总是那么小心地保护着我……有好多个瞬间感觉自己太幸运了。"

"是嘛。"

每个人都小心翼翼地守护着美世,想尽一切办法不让她的生活受到威胁。

因此没有一点儿为难或害怕的事。

硬要说的话,今天傍晚那件事真把自己吓得不轻。假如那位大臣和秘书是甘水手下的人,想一想就不禁全身发软,颤抖不已。

可就算这样,也丝毫没有在娘家时的孤独感。薄刃新,还有专程跑过来的鹰仓,以及对异特务小队的队员们都让自己感觉非常安心。

根本没有真正意义上的危机感。

每每想起这些,就为自己如柔弱的孩童一般靠不住感到难堪。

"是啊。呃,那我也要问……老爷,到现在为止,有没有觉得工作很辛苦?"

掩饰着不快的感觉,美世问清霞。

猛一下子想不出什么值得一问的问题,便问了一个跟自己被问到的类似的问题。

不过,只要是老爷的事,真的就什么都想知道……

正在心里给自己找借口时,清霞很干脆地答道:

"关于职责本身,并没觉得辛苦。"

"一次也没有?"

反问一句后,美世想起"一次一个问题"的约定,连忙用双手捂住嘴。

"啊,对不起。问了两个问题!"

可能从声音中觉察到美世突然的沉默,清霞含笑应了一句"没关系"。

"确实,一次也没有。不过也不全是,因军务关系,有时候也会感到有些辛苦。同僚或部下受伤倒下的时候也会后悔。尽管如此,我从不认为这是个苦差事。"

"原来是这样啊……"

清霞说得虽然很干脆,但工作中产生的痛苦,不管是肉体上的还是精神上的,肯定都相当严重。

以前听说过的五道的父亲也是这样。那些痛苦来自亲人们一个接一个倒下去的情景,即将死去的情景,还有无法救助他们时那深深的悔恨。

美世想象不出,他到底忍受了多少痛苦啊!

"你怎样?做了我的未婚妻,没后悔吗?"

他又扔过来一个问题。

不过,回答这个问题,对美世来说非常简单。

"一点儿也没后悔!一开始,因为是妹妹的替身有过一些不安,可不知不觉间就没了。"

"那就好。"

声音被吸入夜的静寂中消失不见。

只有两人微微的吐息声在空中久久飘荡。

"……"

"……"

有那么一小会儿,眼皮差点儿合起来。

所以才会这样吗?

想趁脑袋处于半朦胧状态时,问一个突然闯进来的问题。

"老爷,我说,呃——"

在轻飘飘包裹着一丝意识的睡意中,最后残存的一点理性与身为淑女的矜持,让她犹豫着张不开嘴。

"怎么?"

听起来很冷淡的应答,却让美世感觉到深藏其中的柔情。

"您,曾经有过'恋爱'这种感情吗?"

不知不觉中,这个问题已脱口而出。

难以想象自己会将这种问题问出口,可已经收不回来,只得将错就错了。

"……恋爱啊!"

清霞声音低沉的喃喃自语,融化在黑暗之中。

像是经过片刻思量后,感觉他要把每句话都确认一遍似的,清霞讷讷地开始说道:

"老实说,并没记得有过确信这就是爱情或说恋爱的感觉。现在才知道,我对别人对我的感情和自己的感情的反应都很迟钝,始终逃避着不敢用心对待。所以,没有。"

对他那略显懊悔的语气感到意外,美世背对着清霞屏住呼吸。

不过,这也许是理所当然的。

因为他善良体贴,心里充满柔情,同时在某些方面却又那么笨拙。

所以,这么说——

"老爷,您这样是在保护自己吧?"

跟美世在娘家时留意着不把感情表露出来是一个道理。

"是吗?我以为只是单纯的不用心而已。不过,也有可能。那你怎样呢?"

"嗯?"

本已开始进入浅睡状态的美世意识稍稍清醒起来。

"没有在害怕什么吗?如果我理解错了,那倒也好。不过,应该有什么烦心事儿阻碍你向前迈出脚步吧!"

"这……"

美世意识到自己的心思都被他发觉了。

自己说不出口的、内心深处的想法,清霞都注意到了。而且他在问自己,为什么要隐瞒?

对此,美世有点说厌了。

抢先提出问题的是自己,而且他很认真地回答了问题。

所以,美世不愿自己含含糊糊地敷衍过去,可心里实在太害怕,根本迈不出这一步。

"——我,不可靠吗?"

他的话音里透出一种难以形容的冷淡与脆弱。

在愣了一瞬间后,美世慌忙否定:

"不,不是!"

她猛地揪住被子一角。

自己令他不安了吧!

"最爱你的人,你的未婚夫不会受伤吗?"

忽然记起叶月的这句话。

"不是的……我从没觉得老爷不可靠,这种想法一次都没有过!"

清霞不可能不可靠,倒不如说不可靠的是美世自己。

知道自己是个问题很多的人,因此不足为信。

知道自己很任性,而且自相矛盾。可自己已经因为这份难以言说的情感,接受并紧紧抓住了清霞未婚妻的位置。正因如此,现在才会在这里。

如果令什么人遭遇不幸,那是自己无法忍受的。

因此,现在这种充满温情的日子能永远继续下去就够了,根本不需要那种多么炽烈的感情。

"美世。"

"在。"

感觉身后原本与自己背对背的清霞转了个身朝向这边。

受他吸引,美世也转过身。

尽管身处黑暗之中,但两人距离近得已足以看清他那极为认真的目光。

"我并不满足于维持现状,而是希望得到更多。可能的话,我甚至愿意陷得更深。不为别的,只为和你!"

也就是说,清霞渴望得到美世的心?

如此强烈的冲击令美世喘不上气来,一时间竟无言以对。

"我……"

"你觉得我这些想法很无耻吗?觉得这都很不正经吧?"

他好像完全看透自己内心的纠结一般,又抛过来一个问题。

然而,美世心里就像投进石子的水面般荡起层层涟漪,无论如何都平静不下来。

"……没那么觉得。"

美世低下眼,勉强应了一句。

清霞白皙的手指忽地伸过来,轻轻抚摸着美世的脸颊。虽然只是轻柔的触碰,但能感到他指尖上的温热正一点点地传到凉凉的面颊上。

"对不起,净是我在问,问得那么多。"

他有点不知所措,弱弱地道着歉。知道是自己搞成了这般局面,却又说不出悦耳的话来。

美世只是闭上眼,默默地摇摇头。

此时,意识正被慢慢拖入睡梦之中。

第四章　梦中的过去

灰云笼罩,寒风刺骨,外面更冷了。

白色的雪片尚未飘落,但谁都能看得出,天气即将变坏。

帝国最高贵家系居住的宫城内,在距宫内省及内大臣府办公大楼一角不远的一处空地上,有座被称为前卫的对异特务小队临时阵营。

自设营之日起,已过了十天。

搭建在阵营中的帐篷里,放了一张简易的长桌和几把椅子,经常有多名队员在其中待命。

眼下,包括队长清霞在内的几个人正在商议军情,这时又有一人加入进来。

"哦,已经开始啦！很早嘛！"

帐篷内响起一个毫无紧迫感的悠闲的声音。

现身的青年身着便装,色彩鲜艳,相当花哨。手里玩弄着一柄同样花里胡哨的扇子。

他便是永远都那么风流放荡的辰石家当主辰石一志。

"……再早点来嘛!"

"准时到达不就很好?!"

面对双眉紧锁的五道的埋怨,一志只是微微耸了耸肩。

这种场面早已司空见惯,清霞已没心思再叱责他们,只是轻轻叹了口气。

"这事儿嘛,最好是从源头上开始说起!嘿嘿。"

说起话来黏黏糊糊的是拥有治愈异能的医师,名叫云庵雀儿,以前五道受伤时就是他负责治疗的。

虽然身为医师,却也是极少数有关异能者的研究人员之一,他是清霞母亲家那边的亲戚。

"光说结论就好!"

清霞冷冷地答道。

跟云庵虽是旧交,但清霞并不愿意跟他主动交往。因此,对他总是有点儿严厉。

他本人似乎并不介意,所以还是不改那副老样子。

"哦,是嘛!那就光说结论喽!人能看到的异形——它们果然是有部分实体的。"

实体和灵体,换言之,就是肉体与灵魂。

人和生物是因为肉体中附有灵魂而得以在世上生存的。

另一方面,以往的异形仅有灵体,也就是说只有灵魂存在。因为不拥有肉体,所以只能被生来便能辨识灵体的异能者或拥有见鬼之才的人看到。

而异能心教让人们看到了将本应看不到的异形。

让只有魂魄的异形呈现在普通人眼中的最有效的方法,就是让它们拥有实体。按西方的说法,跟"受肉"这个词基本同义。

当前,有类高端异形,能力强大,拥有跟人类无异的自我,甚至可以自由选择显示或隐藏实体以混迹于人类社会中生活。

不过,异能心教的那些异形还有所不同。

不知如何做到的,他们成功地使力量较弱的异形拥有实体,并映到数量众多的人类眼中。

从手法上,跟以前在久堂家别墅附近遇到的被鬼附身的人一样。

当时,他们让鬼附在人的肉体上使其拥有实体,将鬼血抽出来,再注射给异能心教的信徒,使其变成人造异能者。

恐怕这次的异形更是其进化版了。

"从里面出来这么个玩意儿呢,来,瞧这!"

云庵将一个没有任何装饰的白色小碟放在长桌上。同时,又从怀里掏出个进口放大镜也摆在桌上。

"用这个看看小碟子正中央吧!"

都不需要用放大镜。云庵手指着的小碟子中央,可以十分真切地看到一个极小的、如小孩子小指指尖大小的透明球体正在滚动。

"真是的!太小啦!找得好累哦!这个呢,就是结界!"

"这是结界……?!"

五道吃惊得大叫起来。

不知为什么,云庵竟对他这反应露出一脸心满意足却令人很不舒服的笑意。

"哎呀! 好厉害啊! 这么小却又这么牢固的结界,还是头一遭见哪! 好变态哦! 看来异能心教里有位相当适合且擅长结界术的施术人啊!"

听到他似乎很是陶醉的声音,清霞皱起眉。

虽然不知道施术人姓字名谁,但谁都不想被云庵称作变态吧!

不过,使用结界术的人的手法确实相当高明。

清霞对自己的结界强度有一定的自负,但能否做出如此致密的结界,他对此却并不怎么自信。

"原来如此,厉害厉害! 不过,怎样才能用这个让异形拥有实体呢?"

一志问道,云庵像是在说"都给我听好"一般,开始滔滔不绝。

"不仅限于结界,异能和法术对实体及灵体也都有效,即所谓对双方都起作用,也就是说,双方应该被相互联结在了一起,明白吧? 在这个球形结界中,有块人的指甲碎片,至于是谁的指甲可不得而知哦!"

"指甲……"

听他说后再细看,透明球体内侧果然隐约可见有异物。

"将内部放有指甲的结界植入异形。即,结界内侧对实体施加作用力,外侧作用于灵体,对吧?于是乎,异形被结界自身内埋有'人的指甲'的这样一个生物性质的实体所牵引,固然不完美,却也成了拥有实体的生命,就是这种小伎俩。"

哪怕异形仅拥有了一部分实体,就算不能被所有人看见,也能映入多数人的眼中,甚至被实实在在地触摸到。

稍微有点复杂,但这套理论能听明白。

挺难对付啊!

为歼灭灵体而施展的异能和法术,自然对实体难以奏效。

要想杀死拥有实体的"看得见的异形",不能将对手当作灵体,而必须将其视为实体来加以攻击。

不过这也很难。

异能者或施术人依据以往的经验,无意识间已被种下异形是灵体这一印象。与异形遭遇的瞬间,很难迅速在脑袋里切换思维,当它是实体,这样就会出现片刻的犹豫。

好在只要摸清起因及路数,总会有其他的处置方法。

"这么说……只要解开被植入的结界,就能破解异形的实体化?"

云庵对提出这个问题的五道点点头。

"正确,所以才请他来的嘛!"

所有人的目光都集中到一志身上。

"的确如此!结界是种法术,当然就正中以解术为专业的我的下怀啦!"

一志虽有见鬼之才,却基本上不会用异能。于是他便反其道而行之,学习解术,作为一个特殊的施术人一直在支持异能者。

这可以说是他作为施术人的生存策略。

"只要破解掉结界,异形便保不住其实体,就会变回原来看不见的异形。或者,像清霞君这样能力高强的异能者,也可以有意识地用强力破坏结界。结界固然很坚固,却也不是绝对破坏不了的嘛!"

高强度的结界靠蛮力很难破坏,而且精巧至此的结界中法术构造也非常复杂,对解术人有相当高的技术要求。

尽管如此,对异能者或施术人来说,比起秉有"对手是拥有实体的异形"这种意识,直接认为"对方的本质是结界"倒是多少简单点。

道理虽然明白,但他们难对付这一事实却没改变。

清霞马上回想队员们的个人技能,考虑将几个班组重新编排一下,以便能够有效应对。

就在这当口,一志将手轻轻地伸向小碟子。

"啊,真解开啦!"

没发出一丝声响,球体快速地逐渐消失了,小碟上仅留下一点点粉尘般大小的白色指甲碎片。

"喂,你干吗啊! 随随便便的!"

"唉,没什么嘛!这样就知道解术有效啦!以后如法炮制就能立马解决!"

五道当场就对一志这肆无忌惮的行为提出批评,而后者左耳朵进右耳朵出,根本不当回事儿。

虽说一志已被收编在自己麾下,可清霞打消了警告他的念头,对五道说:

"五道,火速通知全体队员!今后遇到普通人能看得到、异能难以奏效的异形,要由会用解术的人进行处置。不会用解术的,或者用强力破坏结界,或者用结界将其捕获!"

"遵令!"

见五道挺直身子一点头,清霞又转身叮嘱一志:

"辰石,也请你尽量发挥作用!"

"明白明白!我就是冲这个来的嘛!"

一志轻佻地笑着答应道,气得五道瞪大眼睛咬牙切齿地叫道:

"辰石!你绝对不能给队长惹麻烦!绝对!"

每次有一志在眼前,五道似乎就把自己平时的轻佻忘到了脑后。

倒是不至于引发敌意,比较起二人的实力,五道还更胜一筹,但问题也许不在这里。

"好啦好啦!真是!五道君真是最喜欢队长啊!所以才一个恋人都不找吧!"

"啊?!说什么鬼话?!"

"够了!快去!吵死了!"

清霞狠狠地瞪着两名部下,强行打断即将白热化的争执。

"……遵——令!"

五道心不甘情不愿,一志则用造作夸张的体态出了帐篷。

外面,刮起的风里已经带有了湿气。

美世迷迷糊糊地睁开眼。

带有花草香气的轻风拂过肌肤,微微摇动着美世长长的黑发。

古色古香的木结构宅院和庭院里的树荫,都已慢慢熟悉。已经知道这是哪里了。

这里是过去的薄刃家……

这是用见梦之力看到的真实的过去,还有母亲澄美生前与甘水见面的地方及其记录。

这是过去的什么时候?

在多次到访的过程中,感觉时间在不断流逝,但实际是什么时候却无法确定。

屋檐下长长的阴影里,可以看到澄美年轻时的身姿。

她穿着带有色彩鲜艳的牵牛花图案的捻线绸衣裳,用镶有小巧玲珑的花饰的簪子别住闪着光泽的黑发，只在脑后留下不多的一点儿头发。

一副少女模样的澄美站在屋檐下，像是在眺望着远方。

总是陪伴在她身旁的甘水现在却不在。虽然不在——

凭直觉便能想到。

——是的，如以前那般潜入梦中时的违和感。

不好！必须赶紧醒来！

手抵树干，可以真真切切地感受到树皮的粗糙与坚硬。

就这样一直留在这里可不好！意识深处，本能告诉自己要警惕。

"吾已候汝许久，美世！"

美世大吃一惊，像被当头浇下一盆冷水般屏住呼吸。

从旁传来的声音，听起来冷漠得令人背后发凉，然而里面却像是包含着无比的喜悦。

"你是……"

圆眼镜后面闪着光的眼睛里，蕴含着一种丧失理智后令人恐惧的色彩。他一身书生打扮，样貌上比现在年轻几分，但整体印象却不会改变。

甘水直，他分明认出了美世，并在呼唤她。

美世脸上一下子失去了血色。

"莫需紧张。吾亦不会行伤害之事，梦境中人皆非汝之对手，于汝无碍。"

或许真是这样,可即便如此,仍然无法放下心来。

在一直伤害美世和美世身边人的敌人面前放松警惕,明显是种愚蠢行为。

但根本问题在于现状极不正常。

"为什么……"

为什么能跟应该是梦中人的甘水说话?

潜入梦中是见梦之力的最大特征。她是独一无二的,即便是薄刃一脉的异能者,除美世外,也没人会用这种异能。可他为什么会用呢?

面对吃惊地喃喃自语的美世,甘水吊起嘴角。

"汝是否以为此前梦中所见乃实际发生之过去?诚然,见梦之力可遍看过去、未来和现在。然此地之旧时薄刃家实乃在吾梦中!"

"啊……?"

美世被这意想不到的冲击惊得目瞪口呆。

她此前一直以为,这样的梦境就像重温现实中发生的事情一样,只是在远处对于记录的旁观。

因为以前梦见斋森家的过去时就是那样,并非在什么人的梦中。硬要说的话,就是美世在美世自己的梦里审视过去。

因此她认定这个梦也一样。

甘水还是年轻时的模样,他眯着眼望向薄刃的宅院。

"与澄美一别之后,终日如此,无一日不梦及之过往之美好。

故此段记忆乃吾回顾过去所梦。"

"我连续几次梦到薄刃家,全都是……"

"皆乃凭见梦之力入吾梦中。"

那上次有违和感的原因就在于此了。

自己本意只是看看过去的图画或照片,但事实并非如此。

原以为空洞无物、如同纸糊道具出演的木偶戏般的过去里,竟有在现实中失去澄美后企图率领异能心教祸乱帝国的甘水现在的意识!

当时,只是过去的旁观者的美世,断定自己不会被梦里的出场人物注意到,这显然是错误的。

遇见甘水后经常看到的薄刃家的过去,全都是甘水脑内残留的记忆以梦的形式表现出来的啊!

"似有被人窥伺般违和,是与不是?"

美世向后退了一两步,拉开距离。

如果是在梦中,即便遭到攻击,现实中也不会受到伤害。但有种强烈的厌恶感,让自己不想靠得太近。

只想马上醒来。

虽已过去很久,可从梦中世界返回现实生活的感觉仍未到来。身为异能者,美世为自己技艺的生熟感到焦躁。

逃脱不了也没办法。

美世做好心理准备,直视着甘水。

想从甘水这里多套取些情报出来,哪怕一点点也好。至少能利用这个好机会,对清霞他们的行动有所帮助。

难得用不着害怕甘水的异能,还能这样面对面交谈。

"……为什么要做那种害人的事?"

"害人之事?"

甘水似乎也想跟美世聊聊。

不知什么时候起,阴影处澄美年轻时的身影已消失不见,世界上只剩下美世和甘水两人。

甘水走进刚才澄美所在的檐下阴影里,在地上坐下。

"把人变成异能者,像薰子小姐那时候那样骗人,很多人都受到了伤害!"

"此皆其自寻之路,自寻之果。虽有人受害,其责任亦不在吾。路遇绊脚之石,汝岂能责之曰'为何害人'否?"

"……不会。"

美世低下头无言以对。论口才,自己毫无胜算。

毕竟,甘水既能说又敢做,最终连帝国民众的精神他都要控制!

刚要退缩,美世又重新振作起来。

"增加异能者,劫持帝王,以此来统治国家……这是不对的!想改变什么的话,不如用别的手段——"

"如此,吾已明了。恰此难逢之机,听吾为汝言之!"

甘水打断并制止住越说越起劲的美世。

有风吹过,院子里树枝摇晃树叶沙沙作响。在明媚阳光的

照耀下,薄刃家初夏的光景美不胜收。

美世与甘水两人跟这美景很不相称。

"吾欲创造一全新世界!建立异能者掌事之国度,并向全世界推而广之!"

他嘴里不断重复着新的世界。

把不喜欢的东西统统毁掉,从零开始重新构建。这是上次梦里甘水自己说过的话。

所谓不喜欢的东西,是当前不如甘水所愿的帝国和世界吗?

"为得到权力吗?"

试图取代帝王,把国家变成自己喜欢的样子。

甘水口中的主张,就像幼儿在讲述对未来的展望,空有豪言壮语,毫无现实意义。

然而,国家并非一个人就可以耍弄的玩具。

"略有不同,权力应由相衬之人掌握,而吾辈恰有足以匹配之力量。"

甘水摇摇头,用指甲抓着地上的砾石。

"现状却反其道而行。世间本不应无视薄刃这位优秀异能者,可现实如何?世人皆不知其乃真正强者。各色人等错以自己为翘楚,掌权在手便以其为应得之物。"

"……"

"当今国家结构置天皇于顶点,是乃大错!所谓天启异能,不及君见梦之力与薄刃系异能远矣。彼等驱非本家系异能者于不见天日之处，实乃轻慢过甚。今当以异能者为主宰，薄刃一族居其顶端，此方乃国之正道。"

他所说的理想，只不过是对他有利的东西。

将自己的无能为力怪罪到世界和国家头上，试图从法则上加以颠覆，这只能让美世觉得他努力的方式本身就是错的。

"……你像是因为没能救下妈妈而迁怒于他人。"

对美世这痛苦不堪的喃喃自语，甘水眨眨眼，脸上现出一副像是受到了意想不到的指责的表情。

接着，他"咕"的一声笑起来。

"汝已了然！不愧澄美之女，貌似温顺，然言语间如此干练，似彼甚矣！"

甘水盘腿坐在地上，以手托腮。

"今之所见，足令吾愿献新创之世界于汝，以报偿澄美。"

说着，他的笑意更深了。

这个似乎理所当然地把"献出这个世界"挂在嘴边的男人，令美世不寒而栗，她不禁抱紧上臂，两手不断摩挲着。

"汝有此资格。取帝王而代之，立于异能者顶端者当乃薄刃一族。见梦之力于薄刃家亦乃至高之异能，故奉汝为新世界女王，合理至极！"这个书生模样的年轻人似乎很得意地说道。

事到如今，美世感觉能理解为什么薄刃家此前坚持约束自己，决不登上前台了。

为的就是将跟眼前这位一样怀有野心的人禁锢住。

"吾之所言,汝当能理解。汝尝遭十余年无端折磨,恐深知世界之何等不公!"

美世猛地清醒过来。

在娘家的时候,那种不讲理的感受不知有过多少次!

自己知道拥有见梦异能时,竟然非常气愤,当时想的是,这种异能再早点觉醒该多好啊!为什么苦日子持续了这么长时间啊!

可是,也并非想象的那样。

自己并不认为因为斋森家的人都很蠢就应该控制他们,也从未有过这种意愿。

跟斋森家的人相比,能说自己有多优秀吗?

同样,又怎能如此自信决不会伤害什么人,也不会做出一丁点儿不讲理的事?

他认定自己就是可以统治国家的人才,强行让全国民众接纳自己,但再狂妄自大也该有个分寸。

"不能理解!我不需要那种权力!"

"当真?!"

"嗯?"

甘水的声音突然尖利起来,他那模样像是一头盯紧猎物的猛兽。

"如此当真可守护至爱之物?"

"……"

"以汝所思,若止伤君一人,岂非幸事乎?如此思之,皆因汝天地之小。终有一日,汝将明白,若心头至爱遇伤痛苦难,汝必祈求自己力量之强大,悔当初之孱弱。"

身边珍爱的人受到伤害,那还能说不想要更强大的力量吗?

眼前这个失去了心爱女人的男子,眼神看上去不容辩驳。

美世心里染上了一块黑色的污迹。真的吗?感觉像有另一个自己在喃喃自语。

决不能动摇!甘水的做法,不可能是对的。

"……我不需要一个什么都如我所愿的世界。"

用尽全部气力发出的声音竟然在颤抖,显得很可怜。

显然,靠这些话根本对付不了甘水的说辞。

"吾大业将成。待得彼日,吾定奉汝为世界女王,汝将拒之否?"

没想到的是他那尖利的话声弱了下来,甘水竟令人惊讶地罢手了。

当然,还不能完全放下心来,美世一边长松一口气,一边很坚决地给了他一个回答:

"对,我拒绝!"

"好,然吾不愿以此弃之。"

坐在地上的甘水站起身来,被鲜亮的绿色包围着的美景看

起来有点摇晃。

"自汝出生前已有二十余年,无人能阻吾前进之路。汝亦不能,任何人都不能。"

他脸上现出一副自信且愉快的表情。

不安与恐惧并未消退,美世的心还在像疾槌儿打鼓一样怦怦直跳。

"我不会帮你的。"

每句话都绷紧了神经,她再次对自己和甘水说道。

哪怕露出一点点可乘之机,都可能立马被他蛊惑。

……冷静,别怕!

美世提醒着自己,连眼都不敢眨一下。

坚定否定态度,只要坚持到从梦中醒来就好。

可不知为什么,不祥的预感依然挥之不去。就像窗户上黏着的黑斑,总是有什么让心情无法彻底畅快起来。

"无妨。汝定将来吾左右。百计千谋,皆可行之。吾既执权在手,此皆不在话下。"

甘水的声音听起来像在嘲笑强忍着恐惧的美世。

"你要做什么?"

心跳得更快更猛了。美世现在的心情如与野生猛兽对峙一般,仿佛一转身对方就会袭击过来。

冷汗从额头上渗出,美世又后退一步。

"做甚?若欲擒汝到手,实不必应对如此严密之守备。吾自别有他法!"

从背阴处走到日光下的甘水,根本无意掩饰他的反常,如同在尽情品味愉悦及他人的悲伤一般,他以一种心醉神迷的表情缓缓说道:

"——吾将直取久堂清霞。"

啊!美世恍然大悟的同时,绝望也涌上心头。

老爷是我的一切……

美世全身发软,彻底没了精神。

有清霞在,自己才会有信心。有清霞在,自己才会渴望温暖宁静的生活。

没有清霞也就没有自己的幸福。如果清霞不在了……已经很难想象往下会怎样了。

"老、老爷……"

听见美世气都喘不匀,呻吟般说出的几个字,甘水嘲笑道:

"异能强大便能高枕无忧?哈哈哈哈,恐怕未必!"

不知不觉间,甘水已逼近无法动弹的美世身前。

"彼乃军人,公仆!有无法违抗之事!纵为保护汝及他人!"

"你要做什么?"

美世坚信,清霞不会输。

尽管如此,内心却无论如何都平静不下来。甘水毫不动摇自信满满的态度更令美世忐忑不安。

"……若将其明言,似是无趣。梦醒时分即将到来!"

面对已经背过身去的甘水,美世忘掉恐惧,仿佛要留住他似的伸出了手。

"请等一等!你要做什么?你要对老爷做什么?"

梦呀!不要醒来!美世在心里祈求着。

如果能把甘水一直锁闭在这场梦里,就没人会受到伤害了。

最好就在现在。如果真如薄刃新所言,意念强大能让异能强大起来的话,那现在就强大起来如何?

自己怎样都好,但绝对要将甘水锁在梦中,不能放他出来。

可惜,为时已晚。

周围的景致已如烟霭般摇曳起来,霞光也开始渐渐失去颜色。

"汝自可思之!欲阻吾大业,痴人说梦而已。待拿下久堂清霞,汝必入吾彀中!"

回想起来,甘水最后说的那段话里深藏险恶。

美世下意识地按住胸口,咬紧嘴唇。

老爷不会输,而且自己也不会去他那边。

知道了甘水的目标是清霞,就一定能找到对付他的办法。肯定会有种什么手段能击败异能心教和甘水。

……必须告诉老爷。

自己要振作起来,这种时候,决不可悲观失望,决不可被敌人打垮。

随着甘水背影的完全消失,薄刃家平静的过去也如幻影般破碎,坍塌,消失得无影无踪。

嗓子疼得令美世从梦中醒来。

在尧人宫殿分配给自己的房间里,几本册子摊放在擦得锃亮的高价木制书案上。

望着从叶月那里借来的教材,想起自己是在复习过程中睡着的。

这个盹儿,打了多长时间啊?

被冬天的冷风冻透了的咽喉疼痛不止。

"梦……不行!必须快点告诉老爷!"

睡得迷迷糊糊的脑袋瞬间清醒过来,美世马上站起身。

甘水的目标并非美世而是清霞。不,应该说是以劫持美世为幌子伺机除掉清霞!

拉开房间的隔扇,虽然距日暮时间还早,但天空灰云密布,周围正慢慢变得昏暗起来。

按尧人的预知,雪越下越厚的时候应该是关键时刻。就算开始下雪后,在积雪之前应该还有时间,但也必须赶紧行动。

在梦中听到的甘水的计划,再加上这坏天气,危机恐怕马上就会逼近身边。

"小美世?"

听到有人叫自己,回头一看,是面带疑惑的叶月和百合江站在那里。

"真巧呀!正想着来叫醒美世小姐呢!"

"……怎么啦?好像很着急的样子。"

"可您看这天气!"

美世猛地一喊,叶月像是明白过来似的点点头。

"是啊,不过没问题。尧人殿下已经开始行动了。"

不对,不是这件事。想解释一下,可眼下连这点时间都腾不出。

而且现在美世没有护卫的话根本出不去。

美世慌忙环顾四周,想找保镖薄刃新,可视线之内并没有他的身影。

"姐姐,阿新表哥在哪里?"

"嗯?啊,他说要稍微离开一会儿便出去了……对,就在大约五分钟前。好像还没回来,在非常时刻这也太离谱了!"

"是这样啊……"

美世越来越焦躁了。

该如何是好!

再怎么着急,只靠自己这股气势一个人出去也太欠考虑。

薄刃新不在的时候,本来说会安排其他熟悉的人护卫,但现在似乎也没那个意思。看看当前这情况,当然不能乐观。

必须尽快去对异特务小队阵营见到清霞,哪怕早一刻也好。

"小美世到底怎么了?"

"有件事无论如何都要告诉老爷!"

见美世急得要命,叶月也大为震惊,脸上严肃起来。

"是想去清霞那儿吧?可没有护卫也没办法啊!"

薄刃新还没回来吗?

明明说过要如何如何保护美世,可为什么偏偏这时候不在呢?

"为加强守卫,清霞应该也会马上来这边……稍等,我把联络用的纸符放飞出去,跟他说赶紧来吧!"

叶月穿过走廊进了自己分到的房间,随后带着一个小手提包跑了回来。

"最好能快点传过去。——百合江。"

"在。"

"去找个宫人,托他叫个能做护卫的人来,不是异能者也可以。"

"遵命。"

百合江马上遵照叶月的指令回去了。

叶月表情严肃地又转向美世。

"很紧急?"

"对。"

叶月放飞的纸符到达清霞他们那里,他们再赶到这里需要多长时间呢?

如果在这期间,不,如果在清霞来这里之前,甘水的计划就启动了呢?不能只是干等着!

美世对叶月的疑问略带犹豫地点点头。

"知道了。就算我们不能直接去清霞那儿,至少在宫里找个卫兵陪着,在玄关等他吧!"

"好,听您的!"

美世刚要转身,手被叶月抓住。

"别急,小美世,我也去!"

"怎么可以,请姐姐留在屋里。"

虽说并不离开结界,但不知道可能会出什么事,所以不能把叶月也卷进来。

并非说她是个累赘,可如果叶月被劫为人质,实际上跟美世被捉是一个样。

但叶月看似心意已决。

"没什么。万一有事,至少我也能给争取点时间吧!快,没时间争这些了。"

"……您说得对。"

美世克制住焦躁的情绪点点头。

可能的话,就算离开结界也想要赶到清霞身边。然而,自己功力弱,如果因此出了问题那此前所有努力都将化为泡影。

既然叶月已通过纸符呼叫清霞了,那等待就是最佳选择。

两人疾步走向玄关,跟见到的卫兵都打了招呼。虽然也让百合江找人了,但感觉不管有多少护卫都不够用。

然而在这时却出现了意想不到的状况。

"嗯?为什么?"

"就是说,没有尧人殿下本人或者侍卫长、宫内大臣的许可,我等不便参与护卫任务。"

卫兵面无表情地回应道,毫不理睬美世和叶月的请求。

"我们拒绝!"

"如果有要求,请出示命令!"

"要等侍卫长传话后……"

虽然其中也有人耷拉下眉梢面带歉意,但所有打过招呼的卫兵都拒绝了她们的护卫请求。

太奇怪了。

连美世都惊诧不已。

美世她们遵从尧人之命住在这里,尧人应该也对部署在宫里的卫兵们下达了保护美世她们的命令。即便擅离岗位的行为不被鼓励,可没一个人愿意帮忙,也太不自然了。

"怎么回事呀?宫内省只雇缺心眼儿的人吗?"

叶月气得目露凶光。

虽说不知道侍卫长和宫内大臣在哪儿,可尧人肯定在主屋。虽说可以穿过游廊去要求直接面见,但他很忙,而且此刻事态渐趋紧急,无论如何都不可能马上见得到。

"看这形势,可能百合江那边也被拒绝了吧!"

卫兵指望不上，便试着托路上遇到的宫人帮忙叫个能护卫的人，结果他们的反应也一样。

住在这里十多天了，对日常生活方面的事情宫人们的反应确实迅速，所以没想到此时会这样。

看来除了薄刃新或对异特务小队，已经没有人会为守护美世她们而行动。

"怎么办啊……"

"没办法，我们自己先到玄关那边去吧！只要不出结界，应该就没问题，不用多久清霞就会来的！"

"是啊！"

还是哪儿都找不到薄刃新，也没有专属护卫，实在是无计可施。

美世趿拉着草履和叶月一起跨出玄关门槛向前走去。

为防范异能心教而设置的结界范围是从尧人住的主屋到美世她们所在的别栋及周边庭院。到此为止，不能再向前了。

"好像还没来啊！"

从玄关门前直通出去的砾石小路上还没看到清霞和对异特务小队的身影。

尽管如此，护卫等很多情况的不顺利，更加引发了她们的不安。

"很难不让人感觉是人为的。"

美世也同意叶月的意见。

只是有意不配合的话倒还好说,可这让她开始怀疑这都是异能心教搞的鬼。太可怕了。

"我那笨蛋弟弟!还有征将军也是,漏洞实在太多了!护卫这件事,过后绝对得骂他们!"

美世用眼睛余光看着心急火燎得直发牢骚的叶月,更是望眼欲穿地盼着清霞的出现。

可是,等啊等啊,等来的既不是对异特务小队的什么人,也不是清霞和薄刃新。

"嗯……?"

"那家伙是谁啊?"

有个男子脚步缓慢地从小路尽头朝这边走来。

他身上穿着做工精良肥瘦合体的西装,面相极为普通,没什么值得大书特书的特点,美世见过此人。

"……应该是文部大臣阁下的秘书官先生。"

"那小子啊!可为什么秘书会一个人来这种地方?"

叶月的疑问很合理,美世也百思不得其解。

不消片刻,秘书官便来到结界前并毫不费力地跨过边界。

"能进入结界,这家伙应该不是甘水的同伙……可在这个非常时期,到底有什么事啊?"

叶月皱起整整齐齐的眉毛,用疑惑的目光瞪着秘书官。

结界虽能阻挡住甘水,但对政府相关人员当然是无效的。如果不这样,会对政务造成障碍,这也是不得已。

为应对由此可能出现的问题,一直有宫内省雇佣的卫兵部署在这里,而且还有美世她们的专属护卫薄刃新跟着。可现在,两方都没起到作用。

秘书官站在高度戒备的两人面前,表情有点让人讨厌。

"斋森小姐,好久不见啊!"

"嗯,啊。"

他用极为轻浮的语气跟美世打着招呼,这让美世不知如何回答才好。

跟他只见过一次,关系也并不要好,绝非这种可以亲热聊天的关系。

突然被他这样很友好地问候,既有些不知所措,又不明所以,令人感到不自然,甚至有点可怕。

不知他是不是注意到了美世和叶月诧异的目光,这位秘书官面不改色地继续说道:"莫非您要去什么地方?"

"没……呃,不是。"

见美世有点儿害怕,叶月面色冷峻地向前跨出一步。

"失敬了,您来这里有什么事吗?"

秘书官愕然一笑,耸耸肩说:

"我说公务可以吗?本人可是文部大臣的秘书呀!没道理被你们这些普通市民挡住吧?"

"嗯,说的是。不过,现在这里有尧人殿下的命令,正处于戒严状态!就算您有公务,也不能随意出入。本来这座建筑就是尧人殿下的私邸。宫内省或内大臣府的官员也就罢了,想不出文部省的人会有什么事!"

叶月对这名位居大臣秘书的男子毫不让步地提出自己的主张,美世左一眼右一眼,提心吊胆地看着两人。

"哈,算了吧!烦人……"

秘书官仍是一脸笑意地低声咕哝了一句。

表情和语气太不合拍,美世简直不敢相信自己的耳朵。与此同时,美世忽地想起来。

第一次见到此人时,虽然仅有数秒时间,但感觉被他恶狠狠地瞪过一眼。

"姐姐。"

美世心中闪过一丝不祥的预感,她一边叫着叶月,一边伸手抓向叶月的胳膊试图阻止她,可惜晚了一步。

"你前几天也在这里吵闹过一次吧!现在比那时候警戒更严密,你明白这一点吧?"

"当然明白啦!"

秘书官满不在乎的样子像是在说"那有什么问题"一般,回答得极其随便。

再加上他的言行举止完全不对应,更让人一时捉摸不透。

"嗯?"

"就是说,现状如何,不用你说我也了如指掌!"

他像在吓唬人似的将皮鞋踩得咔咔作响,两人对大踏步走

近前来的这名男子都没来得及反应。秘书官推开叶月,逼近美世。

接着,美世细细的手腕被他猛地抓住,又拖又拽。

"不,不要……!"

美世想甩开他,可男子力道太重,挣扎得骨头都疼了却仍然纹丝不动。

"你突然动手要干什么?!快松手——啊!"

神色大变的叶月想要插进美世和男子中间,结果被狠狠地撞飞了出去。

手下应该丝毫没留情吧,叶月的身体像是被重重地摔在砾石地面上。

"姐姐!"

"少碍事!不跟你们兜圈子啦!本人来找这位斋森美世有事!"

这名男子敬语都不用了,面目狰狞粗野,丝毫不像一位大臣秘书官。

被他拉到身前的美世抬头紧紧盯着他的眼睛。

"这双眼……"

通红。如鲜血一般,闪着暗淡的红光。

听清霞说过,异能心教制造出的人工的、后天的异能者眼睛都发红。

当然,也有人生来就有双红眼睛。但此人的眼睛直到刚才还的的确确是平淡无奇的深茶色。突然间颜色就变了。

"哎呀,真好用啊,这异能!唉,在那个不相信异能的大臣手下当差可真够烦的。不过算了,毕竟是祖师的要求!"

这家伙似乎挺开心。

祖师?

这是甘水直在异能心教里的称呼。已经毫无疑问了。

美世惊得全身起了一层鸡皮疙瘩。

把视线往下移,就会有一些难以置信的东西映入眼帘。

什么……那是,异形?

美世用没被抓住的那只手捂住嘴,屏住呼吸。

放眼望去,本是由白色砾石铺就的地面竟变成了黑色。不对,是数量众多的黑色异形正以布满地面之势蠕动着。

异形的模样,像虫、像鼠、像鸟——跟正月时遇到的一样,都同时拥有多种兽类特征。

不知不觉间,美世她们已被异形包围。

"真壮观啊!数量集中,气势果然就是不一样!让这些东西去袭击皇太子的宫殿到底会怎样啊?"

男子看似很激动地说道。叶月脸色铁青,但仍勇敢地对他怒目而视。

"你是异能心教的吧……!干出这种勾当,知道会有什么下场吗?!再说,你要抓着我家小美世的手到几时?!"

叶月果敢地站起身,再次扑上前,想拽开那只抓着美世

的手。

可她那瘦弱的身体根本敌不过对手,简直就像一只小虫子,被轻轻松松地弹开了。

"烦死啦!不关你事!"

"住手!别对姐姐动粗……!"

叶月说自己也能争取点时间,其实她根本做不到。

如果自己得救而她受了伤,或尧人宫殿被异形袭击……干脆,还不如任由异能心教摆布。

美世突然想起初诣那天清霞交给自己的那三个纸符。

已经只剩这个了。

美世用一只手在揣在怀里的纸符上启动了预先备好的法术并将其放飞。

小纸片顺利发动起来,变成鸟的形状向男子冲去。

"喊!白费功夫!"

男子挥舞着一只手想把纸符赶走,而纸符不依不饶地对准男子的面部不断撞击。

"虾兵蟹将少碍事!"

伴随着男子暴躁的声音,一头异形跳到美世她们近前,用爪子将纸符抓碎击落。

"怎么会……"

三只可怜的纸符都变成纸屑,扑扑簌簌地飘落在地上。

清霞做的纸符虽然对人类有效,但在异形,尤其是异能和法术都难以奏效的特殊异形面前无能为力。

至此,美世她们什么对抗手段都没了。

"真遗憾啊!"

男子握紧拳头,朝一屁股摔倒的叶月抢去。

"住手!"

绝对不能害她受伤。

美世猛一用力倒向地面,用自己的全部体重往回拖拽着男子的身体。秘书官紧抓着美世的手腕,结果身体彻底失去平衡,脚下踩了空。

"这边!"

勃然大怒的秘书官将手举向空中,无数双异形的眼睛一齐转向这边。

男子驱动异形,同时自己也要施展异能的样子一目了然。为保护叶月,美世借倒地之势,直接压到了她身上。

"小美世!"

美世没理会心急火燎的叶月的抗议。

纸符这一最后王牌也没了。

单纯躲避,或者由叶月展开结界,看样子都来不及了。美世和叶月都没有攻击手段,接下来除了这样硬扛着没别的办法。

美世使劲闭上眼咬紧牙。

——可预想中的冲击并没出现。

刹那间,足以消融冷空气的热力在空中蔓延开来。

异形们临死前尖利的叫声及男子混杂其中的"咕"的一声短促的呻吟传入耳中。

美世战战兢兢地睁开眼,围住她们的异形数量有所减少,穿着西装的秘书官倒在地上,一副很惨的模样。

电光火石般麻利的手法令人目瞪口呆。

"美世,没事吗?"

"老爷?"

眼前,浅茶色的长发从肩头轻轻滑落下来。渐渐弄清楚眼前状况的美世鼻子里一阵刺痛。

来啦,清霞来保护自己啦!

而且,自己又得救了。

"老爷……"

美世本以为自己完蛋了。她甚至做好心理准备,这样下去连危机来临都无法告诉他,自己可能要死在这里了。

好在清霞和自己又一次平安无事。

"晚啦!太晚啦……!"

叶月支起上身,带着哭腔骂道。

美世和叶月都没受伤,清霞也毫发无损。他低头看了看趴在地上的秘书官。

再向周围望去,对异特务小队的队员和辰石一志正在跟数不清的异形交战。

……是这样吗?美世看不太懂。

异形在不断消失。

辰石一志似乎掌握着机关。

一志挥动着宛如蝴蝶翅膀的华美外褂,简直就像在跳舞。而且,他手中的扇子指向哪里,美世视野中那个方向的异形就消失殆尽。

"喂,辰石!不能再快点解除结界吗?!"

"别不讲理好吗?我可是拼上命啦!"

对五道的厉声叱责,辰石装出跟平时一样从容的样子,不知朝哪儿大声地顶嘴。

五道等对异特务小队的队员们朝着一志的手将异形消除的地方,释放着火、水、风及意念力等异能。

随即,美世耳中隐约听到了异形临死前的惨叫。

不清楚他们用了什么手法。

战况这不就一边倒了嘛!当然,占优势的是对异特务小队这边,他们似乎压制住了难以计数的异形,彻底清除消灭了它们。

美世将视线拉回自己身边。

"疼死啦!真要命!摔得这么狠!"

秘书官发泄着不满站起身。但他那敏捷的身手完全不是一个文官,一个没有作战经验的外行人能做得到的。

不过,清霞的反应也很快。

秘书官刚一直身,清霞就用未出鞘的军刀打了过去。秘书

官步伐轻巧地闪身躲过,从手掌上发射出生成的冰块。

清霞轻松地让开冰弹,或者用刀鞘将其击落,同时逼向秘书官。

这一过程连三秒都不到。

怎么……?

这是就在几秒钟内发生的事。

身为异能心教信徒的秘书官嘴角上那一丝满不在乎的笑容似乎消失了。

清霞目光锐利地盯着秘书官一步步逼近前来,他用军刀刀把的顶端自下而上猛击男子下颌,又乘机扫向其小腿。

清霞用膝头抵住趴倒在地上的男子后背,拧过胳膊将其按住。

"可恶!久堂清霞……!"

"别乱动!你身为异能者如果没在国家备案,就是涉嫌支持异能心教。"

清霞淡淡地说道。秘书官咂了一下嘴,默不作声地被扣上手铐控制起来,完全失去了自由。

但他那血红的眼睛恨恨地瞪着这边,咧着嘴说道:

"啊,用不着说什么涉嫌,我的的确确就是异能心教其中一员!本来就是受祖师之命冒充大臣秘书的一介草民而已!"

"也就是说,文部大臣也跟你们这帮东西是一伙的喽?"

清霞不无怀疑地问道,男子用鼻子哼了一声。

"啊,当然!文部大臣阁下也是跟祖师联系密切的合作者,另外还有几个异能心教信徒或合作者混进了政府内部。"

"这么说,文部大臣应该有亲信在通信省任职吧?"

"那家伙按祖师指令放松了你们的情报管制什么的,很简单嘛!"

可能因为遭到逮捕而彻底断念了吧,男子很痛快地交代出内情。

或许他打算通过透露情报来换取从轻发落?不管怎样,了解真相总不会是坏事。

清霞从男子口中问出全部情报后,叫来一名部下,下达了两三道命令。

五道、一志和其他队员们还在继续战斗。

不过威胁已暂时消除,美世和叶月都放心地松了口气,两人早已站起身来。

"你们俩都安全吧!"

清霞瞥了一眼秘书官后回过头来,美世和叶月一起点点头。

"嗯,好歹没出事。"

"我也不要紧。"

"……这次来得好像还算及时。"

就在前几天,遭遇同一个秘书官时没及时赶到,清霞似乎一直耿耿于怀。

不过,这也只是片刻的安心。

美世想起呼叫清霞后没等护卫就来到玄关的目的。

不说出那件事,冒着生命危险专程出来就没意义了。

"老爷。"

"怎么?听说有急事要说,什么事?莫非是预见到这个大臣秘书官的袭击要告诉我吗?"

听清霞的说法,似乎是在前卫开完会正要解散的时候正好接到叶月的通知。随后,他觉察到秘书官带进的大群异形的迹象,立即带领部下赶了过来。

时机是好还是坏呢?

面对惊诧的未婚夫,美世振作起胆怯的心。

"呃,有件事无论如何都要告诉您。"

美世把在梦中跟甘水的对话内容原原本本地复述给了清霞。

一般情况下,说做了个梦什么的都会被一笑了之,但清霞非常清楚拥有见梦之力的美世所做梦的意义。

"——原来如此,甘水的目标是我啊!"

想把美世拿下的甘水接下来要对付的是清霞。

对这个情报震惊不已的只有叶月,而清霞本人则丝毫不为所动。

"其实预想过可能早晚会演变成那样。因为我不在,才正合那帮家伙的心意。不过,甘水对付我的手段就是这个……的话,未免也太拙劣了。"

清霞说"这个"时,目光锐利地看了一眼被控制起来后倒在一边的秘书官。

"对不起,没能问出异能心教会使出什么样的手段。"

美世也无法想象那么自信满满的甘水的阴谋仅此而已。

如果有薄刃新那样的话术,也许能套出更多情报吧!

很遗憾自己能力不足。

"好啦!只是这样的话也没关系,就算错了也没什么。反正他们肯定会研究出我对付不了的周密计划吧!"

"我说,打断一下可以吗?"

话刚说完,叶月突然插进来。

"说起来,薄刃家那位到底去哪儿了?根本没露面啊!"

对大姑姐的这无心之问,美世一下子僵住了,清霞也皱起眉。

薄刃新直到最后都没出现。

百合江去叫护卫,美世和叶月也那么拼命地招呼卫兵请求护卫,只要他在宫中,肯定会觉察到出了什么乱子,无法想象他会不赶过来。

而且,五道和一志他们跟异形的战斗都已乱到这份儿上了,他不可能注意不到。而一旦注意到绝对应该赶过来。

本来现在就是遵照尧人之命进一步加强戒备的紧急时期。

薄刃新不露面怎么想都不自然。

清霞摸着下巴,神情严峻。

"奇怪。我们也没委派给薄刃任何事情,那家伙现在应该没有比护卫更重要的任务。"

三人各怀心思,表情微妙地面面相觑。

如此说来,薄刃新到底去哪儿了?

没有一个人能做出回答,在一片沉默中,白色的雪花飘飘悠悠地开始从天而降了。

"我们的时代即将来临!欢呼雀跃吧!"

甘水直一脸鄙夷地注视着一手端着威士忌酒杯,嘴里叼着雪茄吞云吐雾的文部大臣,心里很是愕然。

军队本部已暗中落入异能心教之手。

基层士兵当然还蒙在鼓里,参谋本部的干部们凡是不支持甘水的都依次被打入牢中。

另外,同意协助甘水的将校们,为填补被收监入牢者的空缺、营造出军队跟平常并无不同的假象,不得不像拉车的马一样拼命周旋。

这些全都是异能心教按甘水的指令犯下的恶行。

不过,这些被算作恶行,仅限于当前时期。

正所谓胜者为王败者为寇,无论干下多少坏事,只要甘水胜了,很快就会变成好事。胜者即为正义乃世之常情。

军事力量已经掌控,民意正在倾斜,帝王的权威也在己方。

接下来,只要将国家组织原封不动夺取过来,甘水的目标就实现七成了。

"还差一点。"

甘水手边已备齐由天皇签字盖章的文件。

这些是以天皇意志的名义颁布的敕令,拥有绝对效力,都已准备就绪。

一切正逢时机。

"大臣阁下在此休息便可。吾辈即将开始行动。"

"啊,好好干,多加小心!我的未来也担在你的双肩上了!"

有什么可笑的?嘎嘎大笑的大臣令甘水十分不快。

毕竟是天生没有异能的劣等种族。

只要许诺他如果配合的话,以后现政府土崩瓦解,异能称霸天下之时,即便没有异能也让他身居要职,文部相当场就会上钩。

拥有所谓天启这种来路不明的异能的人,仅仅因为继承了这种异能就可成为统治者。他不喜欢这样的世界。总之,自己站不上顶点,他便绝不甘心。

拉野心勃勃的文部大臣下水非常容易。

"那就失礼了。"

甘水走出设在军队本部的贵宾室,一直在待命的宝上跟了过来。

"祖师,跟计划的一样,对异特务小队已经解开吾等制造出的异形机关,挑起事端的大臣秘书和通信省的官员们可能也都被带走了。"

"辛苦!"

甘水旁若无人地大步走过军队本部中央建筑里的走廊,与其擦肩而过的人里,谁也不会出面阻拦他。

通过劫持在手的天皇的权威及合作者们对政府的影响力,加上人造异能者们具备的战斗力,多力并举,国内大多数人和组织都不得不屈服。

走到这一步的过程相当漫长。

薄刃家衰败下来,澄美决定嫁到斋森家后,甘水曾约她一起逃走,但被她拒绝了。

自己逃了,那家会怎样?为了家、为了家人,这些悲壮的想法令她如此说道。

甘水哀叹着自己的无能为力,开始憎恨家庭、憎恨人类、憎恨国家。

在背叛家庭一路逃避的过程中,憎恨变成了决心。

明明自己和澄美都有异能这种非凡的力量,却难以出头,被帝王、掌权者的心情所左右,如蝼蚁般被毁掉人生。这样的世界大错特错!既然错了,那就改造一下吧!

知道薄刃的规矩吗?

改变一下吧,让异能者来掌管国家!这样的话,比其他异能者更优秀的薄刃家的异能者,甘水自己还有澄美,就能自由自在、随心所欲地生活了。

怀着理想的甘水马上开始行动。

巡回全国、招集人马、收集情报、募集资金——秘密设置据点,置办设备开展有关异形、异能等被禁止的研究。

但不久之后,澄美就死去了。

一心准备颠覆国家的甘水在几年后才知道澄美的死去。

他陷入绝望,一度什么都不在乎了,但在得知澄美有个女儿后又重新振作起来。

美世在斋森家遭受虐待一事他也是同时知晓的,但以他的想法,只要改造好国家就不会有这些问题了。或者不如说如果美世对现状心怀不满,那她说不定也会赞同甘水的想法,那便再好不过。

然而——就在此时,她竟遇到了久堂清霞。

从此,她在对给自己造成不幸的家庭和家人产生憎恨之前,已开始满足于平凡而无意义的安稳生活了。

这可不行!

就算得到一时满足,异能者的、薄刃家的遭遇也不会改变。必须改变它们,然而美世不理解这些。

但她不久就会明白,自己的想法是错的,甘水才是对的。

为颠覆一切,为复仇,甘水马上就要行动了!

"陛下处如何?"

"就当是个病人呗,让人照顾到勉强活着的水平,真是最低限度了。"

听了宝上的汇报,甘水暗暗一笑。

甘水决定在掌控国家,从前的帝王权威不再发挥作用之后,就用史无前例的手段将其折磨至死。

"务必当心,莫让他死,吾必将其手刃。"

"遵命。"

因为美世成了久堂清霞的未婚妻,准备工作不得不提前进行。虽然比起当初制定的计划来说不够充分,但通过异能的力量最后还是得以执行。

为异能者、为甘水、为薄刃,这次一定要创造一个可爱的世界,为它带来祥和。也把它献给澄美,献给美世。

"出发!去解放被囚禁的同志!"

甘水由宝上陪同,走出军队司令部的建筑。

目的地是设置在军队本部所辖地面内的特别拘留所。

这处设施是最近才设置的,主要是为军方拘留平定团等人工异能者而建造的特别建筑,里面还置入了干扰异能使用的机关。

经过配置在出入口的警备卫兵,两人踏入这座进行过异能干扰处理的牢狱。

"噢——是祖师!"

"祖师来啦!"

"总算能从这里出去啦!"

见甘水走进来,排列于通道左右两侧的牢房里被囚禁的人造异能者们高声欢呼起来。

预先叮嘱过他们,反正马上就会被释放,遇到军人时尽可能不要反抗,老老实实地束手就擒便好。

不过即使这样,一旦被投入大牢还是会心里没底吧!

称颂甘水的喊声,欢欣鼓舞拍手称快的叫声在狭窄的通道里震耳欲聋,回响不止。

"是这个吧!"

沿通道直行,路尽头的最里面有座祭坛。

挂着注连绳,装饰有刺桂花,用木材简单做成的祭坛很像个神龛。就是这玩意儿干扰了这里的异能者们的异能。

不得不说这机关实在太简陋了,匆忙赶制的就会是这个样子吗?

甘水从怀里取出小刀[①],猛地拔出鞘。

随后……向祭坛一刀劈下。

过于简单的木制祭坛被轻松地砍翻在地,裂成碎片,法术的效力也完全丧失。

"宝上,钥匙!"

"是!"

---

① 小刀:日本武士佩带的双刀中短的那把。

宝上简短地应了一声,同时动作麻利地用手上的钥匙依次打开牢门。

因为军方管制而被拘留、带回的异能心教及平定团成员,嘴里对甘水千恩万谢,陆陆续续走出牢房。

有如此庞大的战斗力,再加上异能难以对之奏效的无数异形,就算异能者的能力不如对异特务小队,也可从数量上压倒他们。

久堂清霞已构不成威胁了。

"对了,那边现在应该也很顺利吧!"

甘水思念起了作为别动队被派出去的那些人。

入夜后,气温越来越低,雪也渐渐越下越大。

即便戴着手套,指尖也已冻僵,呼出的白气在黑暗中隐隐显现,很快又消失无踪,循环往复。

美世她们正忙着在尧人宫殿周围为白天那场混乱收拾残局。

一下子冒出那么多异形,便担心在什么隐蔽处可能还会藏有或混入异形,便逐一进行确认;另外还把凌乱不堪的砾石小路和庭院进行了简单的收拾和整备。

五道、一志、叶月以及对异特务小队的队员们都披着风衣,拼命地忙活着。

百合江因护卫一事的奔波劳顿,此刻被安排于室内工作,不在现场。

另外,听说尧人也平安无事,眼下正在宫殿内待机行动。

可是,新至今未归。

薄刃新仍然去向不明,一直没露面,彻底不见了踪影。

只知道他不在宫中,可也没有更进一步的消息。

虽然很担心,但无法离开皇宫的美世没有办法去找他。

到底去哪儿了啊……

他不是那种半路丢下任务不管的人。

真是这样的话,难道他在什么地方被甘水袭击,或卷进了什么纠纷?

这样想着,清霞已经安排搜寻了。可在这人手不足的紧急时期,他又能分出多少人去搜寻呢?

他是阿新表哥啊,应该不会出事吧!

真是担不完的心啊!可正因如此,美世也保证,绝对不离开清霞身边。不给清霞添麻烦,多少也算是在帮助他。

"天太冷,在里面等着就好。"

每隔几分钟,清霞就催她一次,但美世总是摇摇头。

"没关系的。不能只有我自己躲在屋子里暖和。"

"好吧。不过,累了就马上说一声。"

"是。"美世应答着在院子里捡拾一些折断的树枝。

美世心里明白,这根本帮不上什么大忙,只是自我安慰而已,但她不愿意无所事事。

心里乱糟糟的,始终无法平静。

薄刃新失踪了。同样,如果自己不在清霞身边,说不定只是离开视线几秒,他也会在这一瞬间消失不见吧,想想就觉得很可怕。

清霞当然不可能被甘水怎样。

尽管坚信这一点,可心里还是七上八下,总有种不祥的预感。

片刻之后,当脚下被雪染成白茫茫一片时,美世的不安变成了现实。

起因是一名队员给清霞带来的报告。

"什么?"

"确认过好几次了,应该是真的……"

白天被捉住的文部大臣秘书官,还有依据这位秘书官的证言因涉嫌反叛而遭拘捕的在通信省任职的文部大臣的亲信,以及好不容易抓获的异能心教的信徒和合作者等都被陆续释放了。

是以天皇的名义发布的释放令,令状具备效力。

"——是甘水直吧！"

清霞低声应了一句，如同被击倒在地一般。

"队长，到底该怎么办？"

"我等只能听从大海渡少将的指令。如果阁下自身不安全的话——"

对话中断了。

数不清的军靴踩踏砾石的脚步声响彻四周。

连接起皇宫内的大道和尧人宫殿玄关前庭院的一条被树林包围着的小路上，身穿军装的人密密麻麻地向这边跑来。

在这个看不到月亮的夜晚，可见的只有油灯光亮和尧人宫殿那边透出来的光线。

他们就像一片来历不明的阴影，眼睁睁压了过来。

这片黑压压的人群瞬间就包围吞没了美世她们及对异特务小队的队员们。

清霞当即将美世护在身后，并让她向远离庭院中央的尧人宫殿那边的建筑附近转移。

没有喘息的时间，也没有提出异议的时间。

逼近身前的军人们猛地拔刀出鞘，准确、迅速地指向了在场所有人。

"怎、怎么？"

"嘘——冷静！照他们说的做！"

美世听到清霞的低语默默点头。

将军刀指向自己的是并非对异特务小队隶属的帝国军人及黑衣人。看起来像是异能心教信徒。

为什么这两派会一起行动呢?

谁都没法把疑问说出口,于是包括五道、一志,对异特务小队的队员们都双手举过头顶,表示无意抵抗。

这时——

他们的领头人从暗处现身了。

擦得锃亮的皮靴,做工精良的西装及外套。气质优雅五官端正的面庞,跟无数次面对美世的那张笑脸一模一样。

阿新……表哥?

美世这位不知去向的表兄,薄刃新的脸上,不见了一直以来那个举止优雅的好青年的样子。

怎么会这样?

薄刃新率领军人对美世她们拔刀相向,这太不正常了!非同寻常的事正在发生。

可是,难道不奇怪吗?他竟然在对方那边。

还有,这些军人到底是什么人?

美世搞不懂的问题实在太多,但她只是呆呆地站在那里,甚至忘记了恐惧。

"久堂少校,非常遗憾。"

听到薄刃新不带一丝温度的声音,清霞皱着眉头开口道:"什么情况?薄刃,你小子在干什么?"

"你有多起伤害嫌疑,还涉嫌绑架上皇并图谋颠覆国家。"

"什么?!"

简直是晴天霹雳。

在场所有人都难掩震惊,不敢相信自己的耳朵。

"更有甚者,今天白天还非法拘禁文部大臣的秘书官,这也是一条罪状。"

"非法?我们只不过在执行任务而已。那个秘书官攻击作为保护对象的平民,还把成群的异形带进宫里,逮捕乃理所当然!"

面对冷漠地宣告这些罪名的薄刃新,清霞也冷静地回敬道。美世她们清楚知道,两人谁也说服不了谁。

薄刃新长长吁了口气,从怀里掏出他的爱枪,将枪口缓缓对准清霞。

"干什么?"

"乖乖地让我铐上,久堂少校,你已经是个不折不扣的嫌疑犯了!"

薄刃新在说什么?完全听不懂。

也不清楚他凭什么可以像执法者一样谴责并来拘捕清霞。他明明什么官都不是,只是个平民而已,他才是非法的!

可现在军队被他操控了,刀尖可都对着自己。

为什么……是我们?

被军刀抵住,说明清霞和美世他们犯了什么罪。说明对军方而言,美世他们才是应该被防备的敌人。

"怎、怎么可能……!"

美世不禁想要挺身而出反驳一番。

肯定哪儿搞错了。清霞既没制造伤害事件也没绑架天皇,哪怕参与也没有。本来,劫走天皇的就是异能心教,不可能是清霞。

这完全是凭空捏造,一派胡言!

"美世。"

然而,静静地阻止美世的却是清霞。

"陛下现与异能心教合作,已得到军方保护。陛下亲口指控你参与此事,并下达指令要求立即对你实施拘捕。另外,对异特务小队临时阵营及执勤所已被控制。如有不当行为,当即全部射杀!"

薄刃新端着枪,一步步走向清霞,枪口始终对着他。

"我不记得做过那种事。"

"请放心!证据确凿,想逃跑的话,就会犯下谋反大罪而遭到通缉,帝国将没有你的立足之地。当然,就算不逃你也难免死罪。"

薄刃新的眼神像冻僵般冰冷,不带丝毫感情。

周围的军人们仍然刀不入鞘纹丝不动,一个平定团打扮的人走向前来,高高举起写有敕令的拘捕令。

"久堂清霞,加害陛下,罪大恶极,火速逮捕!"

薄刃新高声下令的同时,几名军人逼到清霞身前,给他的手腕戴上了冰冷的手铐。

清霞想抵抗很容易,但他始终任由他们摆布,没有一点试图反抗的意思。

"薄刃,你这是投靠那边了吗?"

他的语气里带有一丝紧张,紧张——却又带着一丝认命的感觉。

薄刃新既没肯定也没否定。

清霞不反抗想必是为了美世她们,她们明白,明白中又带着心痛。

此时他如果试图逃跑,那身为他这个大罪人亲属的美世、叶月,以及与久堂家相关的所有人的人身安全就都得不到保障。

"阿新表哥!"

美世叫着新,对他还抱有一线希望。

但美世完全被他那迸射出冷酷寒光的眼神刺穿并镇住了,她不禁全身颤抖起来。

"美世别作声!"

"不、不可能!"

一直当作家人来尊敬的那位和善的表兄竟如此可怕!

他简直就像换了个人,变得十分难以接近,甚至不敢像以前那样直面自己。

"不要惹我发火,美世!你应该知道吧!祖师的,想法。"

为什么"祖师"这个词会从他嘴里说出来?为什么?为什

么?为什么?!

他不是对甘水的所作所为无比愤怒吗?他想重振薄刃家族,却因为甘水而失败。可尽管如此……

"为、为什么?"

发干的嘴里传出的声音都嘶哑了。

薄刃新忽地移开视线,他的面容沉入了阴暗混沌的黑影中。

"为了薄刃家的利益,我只是单纯为了这点而决定跟甘水合作。"

"你、你要背叛吗……?"

"不必跟你再多说了。——久堂清霞,我要把你带走!"

薄刃新很干脆地打断了美世战战兢兢的问话。

他真的是那个薄刃新吗?

被无情拒绝的美世哑口无言。

难以接受"为了薄刃家的利益"这种理由!甘水是打破了薄刃所有规矩而活下来的人。一直为薄刃家系责任束缚而痛苦挣扎的薄刃新会接受这一切吗?

他用他的全部人生背负着的责任竟然如此没有分量吗?

"阿新表哥!"

任凭美世再怎么叫,薄刃新都不停下,军人们也毫不理会。

"……薄刃,可以吗?"

双手被手铐死死锁住的清霞在军人们过来驱赶之前,向薄刃新递去眼神。

"嗯,可以。"

薄刃新像理解了什么似的,制止住军人们。

然后,暂时逃离军人的包围圈的清霞站到美世面前。

寒风吹过。伴着风声刮过的冷空气卷起雪粒,沾在脸上凉凉的。

"美世。"

这是迄今为止最温暖、最柔软、最令她心旌荡漾的一次呼唤。

抬头看见他那英俊的面庞上现出一丝平静的微笑,这笑容让人根本想象不出他已是一个即将被问罪而赴死之人。

"为了不后悔,我要说出来。"

不想听。

听过以后,一切就都结束了。

回不到那些温情满满的日日夜夜了。

不想离开他,不想失去他。可美世什么也做不了,只能眼巴巴地看着他。

美世眼眶一热,视线已经模糊,连心爱之人的面孔也看不清了。

"不要!不想听!不要去!"

美世扑进清霞怀里死死抱住他,泪水如断线的珍珠滚落不止。

戴着手铐的清霞像是有点不耐烦地轻轻动了动手指,然后弯下身子。

接着,他在美世耳边低语——只有一句话。

"我爱你。"

"啊……"

爱的词句如流星一般,倏然掉落,又倏然消失。

让美世体会到温暖的那双大手,抚摸过美世的一绺头发,旋即移开。

"应该再早点说的。不管你的感情怎样,我的心永远不变。"

清霞转过身去,让人感觉不到他的恋恋不舍。

在乌云笼罩、没有月光的黑夜中,紫色发绳扎起的长发随风飘舞。

美世脚下无力,软软地瘫坐在冰冷的白色地毯上。

"美世,让我任性一回……希望你一直等我,在那个家里,等到我回来!"

已经看不到清霞说出最后这句话时的表情了。

他那熟悉的背影渐渐远去。

啊,为什么会这样?

不是早都知道了吗?甘水直在策划的一切,矛头都指向了清霞。

尽管如此,自己却只是满足于告诉他有危险这件事,满足于问题表面上的暂时解决。

曾经有过时间的。几个时辰,很充裕。可即便这样,自己到底在干什么?

沉浸在自我满足中,假装帮了大忙,装出力挽狂澜的样子,其实什么都没做到。

另一边,在几个时辰里,甘水发起了攻击,就这样逮捕了清霞。

太糊涂了!

因为自己是被保护的人不能行动!因为开始学习的时间太晚,法术异能都不会用!没办法,无可奈何嘛!

自己就是这样不断为自己没采取行动找理由找借口!

还坚信清霞那么强大,肯定会没事的,尽管这一点也被甘水否定了。

早该知道的。

世上没有理所当然,不合理的东西比比皆是,不抗争的话,什么也不会改变。

可能再也见不到老爷了,都怪自己!

已经无法回报清霞对自己的爱了。

其实老早以前就意识到自己这份感情了,然而能说的时候却不说,只是一味逃避。

事已至此只能怪自己。

脑袋里像塞满积雪,失去了温度,只余白茫茫一片。

"呜……哇——"

美世双手掩面,放声大哭。

终章

阴沉沉的天空中，洁白的雪花纷纷扬扬飘落而下，如梦如幻。

地上银装素裹，完全被湿冷的积雪覆盖，每踏出一步，脚都被厚厚的雪所覆盖，让人无法顺利前行。

尧人预见有危机发生的白雪皑皑的时节如期而至。

美世在冻僵的手上呵了口气，想暖暖它们。

她穿着方便活动的裤裙，裤裙上印有浅橙色碎花图案，还布满红白两色的小梅花；脚上不是草屐，也同样穿着方便步行而且保暖的黑茶色系带皮鞋。

美世用婆婆久堂芙由以前送给自己的白色蕾丝蝴蝶结扎紧头发，脸上化的是淡妆，只擦了粉涂了口红，一切便已准备停当。

天色还很黑的冬日清晨，美世站在有几片雪花吹进来的久堂家本邸玄关门前，回头看了看身后。

在屋里留下字条了……应该不要紧吧。

清霞被带走后已经过去四天。

自那时起,感觉许多事情都发生了变化。

首先,美世、叶月和百合江从尧人宫中搬出,转移到了久堂家主宅。

尧人劝阻过她们,说现在还很危险。不过,既然甘水的目标是清霞,而这个目的已经达到,想必美世不会再成为被直接袭击的对象了。

而且就在秘书官发起攻击前,还发生过美世她们在尧人宫里完全无法获得护卫一事。

后来发现,那是对尧人的强硬态度表示反感的宫内大臣故意刁难,她们接受了大臣的非正式道歉。

但这事足以让人不再信任他们。

清霞被拘,尧人自身的生命危险也在迫近。对出入皇宫人员的盘查比以往更加严厉,原则上禁止外人入内。

尧人及宫内省应该也没余力再照顾美世她们了。

所以感觉搬出皇宫是个正确选择。

另外——

从年底开始,对异特务小队不辞劳苦地逮捕的平定团及异能心教的人造异能者们,全都得益于甘水的诡计被无罪释放。

异能心教的同伙被释放,反之,反对者则陆续被拘捕。

帝国的正义被完全颠覆。

虽然街市和风景看起来没有丝毫变化。

美世隔着环绕着久堂家的栅栏眺望过白茫茫一片的帝都

后,随即收回视线。

在清霞被带走后的四天里——

第一天什么都干不进去,在茫然若失中度过;第二天辞别尧人宫殿,搬回久堂家主宅住下;第三天在屋里闷了一整天后下定了决心。

要去接老爷回来。

清霞说希望她在他们两人的那个家里等他,那是他唯一一次任性。

但美世不想按他的叮嘱行事。

异能心教可能在等着自己,他们就是为此才拘捕的老爷。所以自己偏要主动上钩去见老爷。

清霞被捕,又遭薄刃新背叛。对异特务小队和一志他们正被由平定团及军方混编的甘水党羽们严密监视,理由是怀疑他们都有可能参与清霞的罪行,所以现在全体队员都处于无法自由行动状态。

跟正在调查政府内奸的大海渡也仍然联系不上。

所有人都为自己竭尽全力,只有自己还像个孩子一般娇贵,实在不应该。

尽管知道当下危机重重。

但这次不能再只是糊里糊涂地等着了。

因为甘水在等的是自己,所有这一切都是按他的想法进行的。

一直以来都搞错了。应该做个了结的是自己,不能总是把责任推给别人。

不采取行动就会后悔,自己已深刻体会到这一点。

清霞以前给的护身符还像宝贝似的揣在怀里,对美世来说,那就是护身的佩刀。

"……姐姐,对不起!"

什么也没对叶月说就出了门,因为她可能会要求一起去的。

不能再把她卷进来了。需要留人在久堂家等消息,而且叶月还是旭的母亲。

想想万一有个闪失可能会失去母亲的旭,自己便不能再依赖她了。

跟异能心教为敌,是要冒生命危险的。

美世抱着这样的觉悟,迈出了这一步。

肯定能跟老爷一起平安回来。到那时,能看到姐姐的笑脸就放心了。老爷也一样。

回来的时候,叶月和百合江要是能出来迎接的话,那该多开心啊……虽说自己的擅自行动可能会被责怪,不过那都是后话了。

"一定要回来!"

美世努力露出笑脸,对空无一人的玄关说道。

决不能让这誓言落空,一定要把清霞带回来。

"我走了!"

美世转身迈开脚步,孤身一人。

目送清霞被带走的背影——是美世迄今为止的人生中最后悔的时刻。

内心某处还天真地想过,如果能就此平安躲过这一劫,以后肯定都会好起来,宁静祥和的日子也会回来。

真是太糊涂了。

还说什么只要一切都回到那温馨的生活中就好。

如此脆弱易碎的东西,自己却在理所当然地享受它,以至忘记了它有多么珍贵。

再不说出自己的想法,就可能会遗恨终生。

"决不再犹豫了!"

每用力踏出一步,积雪就发出"吱吱"的声响,提醒着美世紧绷自己那松散摇摆的心弦。

这声音好像在叱责自己,让自己不要软弱。

原来早已意识到,对清霞怀有的这份情感,必须回报给他。

以前完全不懂得在能告诉的时候告诉他的重要性,自己明白得太晚了!

不过应该还来得及。

美世目不转睛地盯着行人稀少、住宅林立的冬日街头。

她一直向前走,始终没有回头。

后记

许久不见,让大家久等了!

最近,被问及笔名由来的次数较多,每次都是不知如何作答,后悔一时心血来潮起了个奇怪的笔名。我就是颚木亚玖弥。

本书终于写到第五卷了。从第三卷开始的"甘水篇"(暂定)也接近尾声。

刚开始写这个故事的时候,本以为能把第一卷出嫁和第二卷薄刃的故事写明白就心满意足了,可一转眼现在竟写完五卷了。尽管写到现在感觉已有"标题党"的嫌疑,但好在看到了曙光,总算松了口气。

总之,这一切都多亏了一直支持《我的幸福婚姻》的广大读者朋友们。粉丝来信也收到很多,这些信件一直鼓励着我。非常感谢!

这次距离和平的日子还是相当遥远,继续考验着美世和清霞,还有其他出场人物。我常想,是不是应该多写些温馨的恋爱、奇幻的情节,多写这对夫妻的故事。很想让他们两人体验更多平淡的幸福……拜托请不要责怪我这些完全背道而驰的内容……

另外，感谢高坂丽灯先生的漫画创作，漫画版《我的幸福婚姻》也是人气高涨！还没看过的读者，请务必认准史克威尔艾尼克斯公司的《ガンガン ONLINE》去阅览。真是要多可爱有多可爱！

虽然每次都要说，但在本书即将完成之际，还是要说真是让各位，尤其是责任编辑费了太多心血。最后终于十分圆满地写到了后记，非常感谢！

还有为本卷创作封面插图的月冈月穗老师，在如此精美的封面之下一路写到这里的感觉真是太棒了……我无比感动，从内心表示衷心的感谢。

最后要对连后记都一字不漏读完的读者朋友们说，感谢大家一直陪伴在《我的幸福婚姻》的世界里。希望第五卷也能给您带来轻松快乐。

真诚期待下次再会。

颚木亚玖弥